Frauke Scheunemann

Winston

Ein Kater in geheimer Mission

Alle Bände von **WINSTON**:

Band 1: Ein Kater in geheimer Mission
Band 2: Agent auf leisen Pfoten
Band 3: Jagd auf die Tresorräuber
Band 4: Im Auftrag der Ölsardine
Band 5: Kater undercover
Band 6: Lizenz zum Mäusejagen

Frauke Scheunemann

WINSTON

Ein Kater in geheimer Mission

Loewe

Für Herrn Beck

FSC
www.fsc.org
MIX
Papier aus verantwortungsvollen Quellen
FSC® C014496

ISBN 978-3-7855-8974-8
3. Auflage als Loewe-Taschenbuch 2019

Fotos: © iStockphoto.com/krissstina
Umschlaggestaltung: Elke Kohlmann
Printed in the EU

www.loewe-verlag.de

Prolog –
oder warum man an manchen Tagen besser im Bett geblieben wäre …

»Los, nun mach schon!« Leonie lächelt mich an. Aber es ist kein aufmunterndes Lächeln, so viel ist selbst mir klar. Es wirkt eher irgendwie … höhnisch. Okay, damit ist es wohl eher ein Grinsen. »Oder traust du dich etwa nicht?«

Ich muss trocken schlucken. »Klar traue ich mich. Also, ich meine, ich würde mich schon trauen, aber …«

»Was, aber?« Nun grinst nicht nur Leonie, sondern auch Emilia, Ruth und Helene sehen aus, als hätten sie gerade den Spaß ihres Lebens.

»Äh, ich meine, dass es sehr unklug wäre, in ein Geschäft hineinzuspazieren, das von schätzungsweise vier Kameras überwacht wird, und dort ein T-Shirt zu klauen. Die juristischen Probleme wären unvermeidlich.«

Jetzt reißt Leonie die Augen auf. »Die juristischen Probleme wären unvermeidlich? Was redest du da für einen Müll?« Sie dreht sich auf dem Absatz um und lässt mich einfach stehen. Die drei anderen folgen ihr.

Verdammt. So wird das nichts. Ich weiß einfach zu wenig

darüber, was es wirklich bedeutet, ein Mensch zu sein. Geschweige denn ein Mädchen. Das hatte ich mir deutlich einfacher vorgestellt.

Hinterher ist man immer schlauer – aber wenn mir vorher jemand gesagt hätte, wie zickig meine neuen Mitschülerinnen sind, dann hätte ich mir nie und nimmer gewünscht, mit Kira zu tauschen. Dann wäre ich liebend gern der wunderschöne, schlaue und vielleicht ein bisschen verwöhnte Rassekater geblieben, der ich bis zu diesem verfluchten Gewitter war. Dann läge ich jetzt weiterhin auf meinem gemütlichen Sofa in der Hochallee und mein menschlicher Mitbewohner, Professor Werner Hagedorn, würde irgendetwas über Quantenphysik vorlesen. Oder über Schrödingers Katze und wie man mit der den Nobelpreis gewinnen kann. Für den fährt man dann nach Stockholm, kriegt sehr viel Geld und lernt den König von Schweden kennen. Was überhaupt mal wieder der Beweis dafür wäre, dass wir Katzen sehr wichtige Haustiere sind. Ach, was sage ich: die wichtigsten Tiere überhaupt! Aber statt auf meinem Sofa zu liegen, stehe ich hier und … bei meinen Ölsardinen, was für ein gigantomanischer Schlamassel! Aber jetzt der Reihe nach, damit hier alle noch mitkommen. Beginnen wir also mit dem Anfang, mit dem ersten Kapitel meiner unglaublichen Geschichte …

Eine Dose wird geöffnet. Und das bleibt nicht die einzige böse Überraschung.

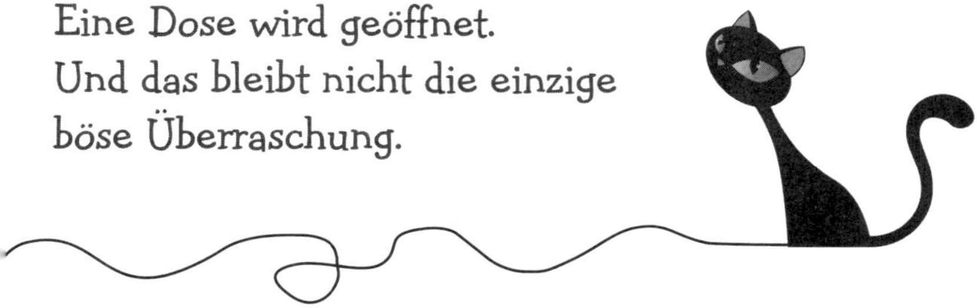

Was in aller Welt ist das? Es riecht seltsam und sieht noch seltsamer aus … aber es liegt in meinem Napf! Ich vermute also, dass ich es fressen soll. Ach du heiliges Katzenklo! Das muss ein Missverständnis sein. Und zwar ein großes. Ich werde das aufklären, sofort! Denn ich, der vornehme Hauskater Winston Churchill, werde keinesfalls etwas fressen, was meinem edlen Gaumen nicht bekommt. Noch dazu, wenn ich es gar nicht bestellt habe!

Missmutig trabe ich aus der Küche, um Olga zu suchen. Olga ist unsere Haushälterin und somit bestimmt verantwortlich für das Desaster in meinem Fressnapf. Normalerweise bekocht Olga mich und meinen Professor ganz vorzüglich, aber heute ist da offensichtlich etwas schiefgelaufen.

Ich werde mich also beschweren. Wenn ich Olga überhaupt finde, denn momentan fehlt von ihr jede Spur. Sie ist nicht im Wohnzimmer und nicht im Esszimmer, auch im Arbeitszimmer: Fehlanzeige. Komisch. Ich setze mich in die Mitte unseres langen Flurs und blicke abwechselnd mal in die eine, mal in die andere Richtung. In der Wohnung ist es ganz still. Wenn sie irgendwo wäre, müsste ich sie doch hören. Als Kater habe ich nämlich richtig gute Ohren.

Da! Ein leises Rascheln kommt aus dem Schlafzimmer! Sofort sause ich an das andere Ende des Flurs und schlüpfe durch die Tür, die einen Spalt geöffnet ist. Olga steht mit dem Rücken zu mir vor dem Kleiderschrank und sortiert Wäsche ein. Mit Schwung will ich mich an ihre Beine schmeißen, als ich eine Vollbremsung einlegen muss: Das sind gar nicht Olgas Beine! Vor mir steht eine mir völlig unbekannte Frau. MAUNZ! Wer ist das?

Die fremde Frau dreht sich zu mir um und schaut mich erstaunt an. Ich habe sie offenbar genauso überrascht wie sie mich. Sie bückt sich und will mir über den Kopf streicheln. Ich lege den Rückwärtsgang ein. Mit Fremden kuschele ich grundsätzlich nicht!

»Oh, wer bist du denn?«, will sie von mir wissen. Ihre Stimme hat den gleichen Klang wie die von Olga. Erstaunlich! Und auch sonst sieht ihr die Fremde ähnlich: schlanke Figur, lange blonde Haare, Pferdeschwanz. Etwas jünger vielleicht, aber da bin ich mir nicht ganz sicher. Ich kann das Alter von Menschen nicht besonders gut schätzen. Wenn sie erst mal keine Kinder mehr sind und ihre endgültige Größe erreicht haben, sehen sie für mich alle ziemlich gleich alt aus.

Ich mache wieder einen Schritt auf die Frau zu und mustere sie. Sie lächelt mich freundlich an, als ob sie auf eine Antwort warten würde. Tja, wer bin ich? Wenn ich sprechen könnte, würde ich mich der Dame natürlich formvollendet vorstellen. Und ihr erzählen, dass ich Winston Churchill heiße, mich aber alle immer nur Winston nennen. Dass ich schon ziemlich lange hier bei Professor Werner Hagedorn in der vornehmen Hamburger Hochallee 106a lebe. Dass ich am liebsten auf dem gemütlichen Sofa im Wohnzimmer oder dem flauschigen Teppich vor dem Kamin liege. Dass meine Leibspeise frisch gekochtes Geflügelherz mit einem Hauch Petersilie ist. Und dass ich ein reiner Hauskater bin, also die Wohnung niemals verlasse. Schon gar nicht freiwillig, denn wenn ich vom Fenster die struppigen Katzen im Hof beobachte, dann graust es mich vor der ungemütlichen Welt da draußen.

Könnte ich sprechen, würde ich dieser fremden Frau vielleicht all das über mich erzählen. Oder zumindest einen Teil davon. Aber ich kann ja nicht sprechen und deswegen sage ich einfach nichts. Ist aber auch wurscht, denn die viel wichtigere Frage lautet doch: Wer ist die Frau? Und was macht sie hier?

Ich setze mich vor die Frau, maunze ein wenig und schlage mit dem Schwanz hin und her. Sie streckt noch einmal die Hand aus und krault mich hinter den Ohren. Ich lasse es geschehen und es fühlt sich sogar ziemlich gut an. Trotzdem: Könnt ihr Menschen euch nicht einmal richtig vorstellen? Man krault keine fremde Katze, der man sich noch nicht vorgestellt hat. Die meisten Menschen haben einfach kein Benehmen!

Die Tür zum Schlafzimmer schwingt auf und Olga kommt herein. Ich laufe zu ihr hinüber und begrüße sie stürmisch, indem ich meinen Kopf an ihren Beinen reibe und laut miaue.

»Hallo, Winston«, begrüßt sie mich lachend, »hast du mich vermisst? Ich war nur kurz draußen. Und ich sehe, dass du Anna schon kennengelernt hast.«

»Klar, wir sind gerade dabei, uns anzufreunden«, antwortet die fremde Frau, die offensichtlich Anna heißt. Wir freunden uns an? Na, das wüsste ich aber!

»Ach, das ist schön!« Olga lächelt. »Weißt du, Winston, ich hatte gehofft, dass du Anna magst. Anna ist nämlich meine Schwester.«

Donnerwetter – Olgas Schwester! Daher also die Ähnlichkeit! Wenn ich nicht so viele Haare im Gesicht hätte, würde ich jetzt überrascht gucken. So bleibt mir nur ein leises Miauen.

»Winston ist Professor Hagedorns Katze«, erklärt Olga ihrer Schwester. »Du musst dich also nicht nur um den Herrn Professor, sondern auch um seinen Kater kümmern.«

Anna nickt. »Das hat mir der Professor bereits erklärt. Ich habe Winston gleich etwas zu fressen gegeben.«

Ha! DIE war das! Ich schnaube laut – aber Anna und Olga bemerken es nicht, sondern unterhalten sich munter weiter.

»Du hast ihm schon etwas gegeben? Was denn?«

»Na, ich habe Katzenfutter gekauft. Eben, als ich das Waschmittel besorgt habe. Sie hatten einen ganzen Karton Dosenfutter im Angebot. Den habe ich gleich mitgenommen.«

»Dosenfutter? Für Winston?« Olga lacht.

Was, bitte schön, ist daran so lustig?, frage ich mich. Und was ist überhaupt Dosenfutter?

»Ja, natürlich. Warum denn nicht? Ich habe mir den Inhalt durchgelesen und es klang sehr lecker. Pute mit Reis.«

Olga lacht immer noch, ich bin fassungslos. Das, was ich in meinem Napf gesehen habe, war niemals Pute mit Reis. Es sah eher aus wie die feuchte Blumenerde, die Olga im Frühling immer auf dem Balkon stehen hat, wenn sie die Zimmerpflanzen umtopft.

»Ich glaube nicht, dass unser Winston Dosenfutter frisst. Dafür ist er viel zu verwöhnt. Ich koche immer frisch. Für den Kater und den Professor. Das kannst du dir schon mal merken.«

Erstens: Olga hat recht. Zweitens: Warum soll sich Anna das merken? Versteh ich nicht. Hauptsache, Olga weiß, was Werner und mir schmeckt.

»Okay, schreib ich mir gleich in mein Buch. Hoffentlich mache ich nicht alles falsch, wenn du nicht mehr da bist.« Anna seufzt.

»Keine Sorge. Das wird schon. Nächste Woche kann ich dir noch alles zeigen. Und du kannst mich auch immer anrufen, wenn du Fragen hast.«

Moment mal! Was heißt denn: *wenn du nicht mehr da bist*? Da muss ich mich wohl verhört haben! Olga gehört so sehr in die Hochallee 106a wie Werner, mein zwei Meter hoher Kratzbaum aus Samt und unsere Regalwand mit den vielen Büchern. Und natürlich ich. Andersherum: Hochallee 106a ohne Olga funktioniert nicht. Da kommen dann solche Sachen wie »Pute mit Reis« aus der Dose bei raus.

Aber tatsächlich zieht diese Anna jetzt ein Büchlein und einen Stift aus ihrer Hosentasche und beginnt, darin herumzukritzeln. Muss ich daraus schließen, dass Olga ernsthaft plant, uns zu verlassen? Ein sehr unangenehmes Gefühl beschleicht mich, ein sanfter, aber dauerhafter Druck auf meinen Katerbauch. Gut, dass der noch so leer ist, sonst wäre dieses Gefühl wahrscheinlich sogar schmerzhaft. *Wenn du nicht mehr da bist* – je länger ich über diesen Satz nachdenke, desto schneller schlägt auch mein Herz. Ich mag es nämlich gar nicht, wenn sich Liebgewonnenes in meinem Leben ändert. Ich würde sogar sagen: Ich hasse es!

Klick, klick – ein Schlüssel dreht sich im Schloss der Wohnungstür. Werner! Der muss den ganzen Unsinn stoppen, und zwar sofort! Mit meinem Professor lebe ich schon so lange zusammen, dass er mich auch ohne Worte versteht. Ich flitze also zur Wohnungstür, und kaum steht Werner im Flur, beginne ich, wehleidig zu maunzen und mich vor ihm auf dem Boden hin- und herzuwälzen.

»Mensch, Winston, was ist denn mit dir los?« Werner zieht seine Cordjacke aus und bückt sich zu mir. »Hast du Bauchweh?« Liebevoll streicht er über mein Bäuchlein. Dann richtet er sich wieder auf. »Olga? Ich bin zurück! Ich glaube, Winston geht's nicht gut.« Mein Professor! Einfach Weltklasse. Hat sofort geblickt, dass es ein Problem gibt.

»Moment!«, tönt es aus der anderen Ecke der Wohnung. »Komme gleich!«

Ich beschließe, die Mitleidsnummer noch ein wenig auszubauen, bevor Olga hier aufkreuzt und vielleicht findet, dass ich mich zu sehr anstelle. Also miaue ich noch wimmernder und bleibe schließlich auf dem Rücken liegen, alle viere von mir gestreckt. Wenn das kein Bild des Jammers und des Elends ist!

»Oh, was hat der Kater?«

»Tja, er scheint sich gar nicht wohlzufühlen. Haben Sie ihn heute schon gefüttert?«

Olga nickt. »Anna hat ihn gefüttert. Allerdings mit Dosenfutter. Ich habe noch gar nicht nachgeschaut, ob Winston das überhaupt angerührt hat. Vielleicht hat er einfach nur Hunger, weil es ihm nicht geschmeckt hat.«

»Dosenfutter?« Werner schüttelt den Kopf. »Das geht natürlich nicht, dass Sie in Zukunft Ihren Dieter bekochen und wir hier mit Fast Food vorliebnehmen müssen.«

Fast was? Versteh ich nicht. Aber macht nichts, denn es ist offenbar etwas, das sowieso nicht schmeckt. Der Hinweis auf Dieter ist allerdings interessant … ich habe nämlich irgendwie das Gefühl, dass mir dieser Kerl noch einige - Probleme bereiten wird. Zumindest ist der Name in letzter Zeit verdächtig häufig aufgetaucht, verbunden mit einem schwärmerischen Seufzen von Olga. Dieter ist wohl jemand, der ihr viel bedeutet. Und zwar so viel, dass sie in Zukunft lieber für ihn anstatt für Werner und mich kochen möchte. Zum Fellraufen ist das!

Olga lacht.

»Keine Sorge, ich werde meiner Schwester noch zeigen,

was ihr hier gern esst. Dieter setze ich übrigens erst mal auf Diät, der hat in letzter Zeit ganz schön zugelegt.«

»Kein Wunder. Wer sich die beste Köchin der Welt als Frau angelt, der kommt um ein paar zusätzliche Pfunde wohl nicht herum. Und wissen Sie was?« Werner macht eine Kunstpause.

»Nee.« Olga schüttelt den Kopf.

»Ich beneide Dieter glühend. Ich würde, ohne zu zögern, fünf Kilo zunehmen, wenn ich Sie dafür behalten dürfte. Von mir aus auch zehn. Dass Sie uns verlassen, betrachte ich als echte Katastrophe!«

WAS? Es ist wirklich wahr? Olga wird gehen und Werner kann es nicht verhindern? Das *ist* eine echte Katastrophe! Egal wie man es betrachtet! Ich rolle mich vom Rücken auf die Seite und lege den Kopf ganz schlapp auf den Boden. Mir ist schwindelig. Vor Kummer – oder vom vielen Rumrollen.

»Schauen Sie mal, Olga: Winston sieht schon ganz mickrig aus. Dem gefällt es auch gar nicht, dass wir bald ohne Sie auskommen müssen.«

»Ach, Herr Professor, nun hören Sie auf damit! Sonst fühle ich mich richtig schlecht! Außerdem haben wir doch bereits die perfekte Nachfolgerin für mich gefunden. Meine Schwester Anna wird sich als neue Haushälterin bestimmt noch viel liebevoller um Sie beide kümmern, als ich es bisher getan habe. Anna ist schließlich Mutter. Die hat viel Übung im Kümmern.«

Na und? Das leuchtet mir nun gar nicht ein. Was hat denn

Muttersein mit Kümmern zu tun? An meine eigene Mutter kann ich mich nur schwach erinnern. Falls die sich sehr um mich gekümmert hat, hat sie das jedenfalls nicht besonders lang getan – ich war schließlich noch ziemlich klein, als mich Werner beim Züchter abgeholt hat. Seitdem sorgt er gemeinsam mit Olga für mich, und das klappt so gut, dass ich keinen Grund zur Beschwerde habe.

»Ach, Ihre Schwester hat ein Kind?« Werner klingt erstaunt.

Olga nickt. »Eine Tochter, zwölf Jahre alt. Ein süßes Mädchen. Sehr gut in der Schule, vor allem in Sprachen. Als meine Schwester mit Kira vor vier Jahren nach Deutschland kam, sprach das Mädchen noch kein Wort Deutsch, und nun hört man gar nicht mehr, dass sie nicht hier geboren wurde.«

Aha. Woran soll man das auch hören? Verstehe ich nicht. Kann man den Menschen sonst anhören, wo sie geboren wurden? Das wusste ich nicht.

Olga lächelt. »Kira begleitet ihre Mutter bestimmt gern mal hierher und spielt ein wenig mit Winston. Dann ist dem auch nicht mehr langweilig.«

Hallo? Mir ist überhaupt nicht langweilig! Woher hat Olga nur so eine abwegige Idee? Mein Leben gefällt mir genau so, wie es jetzt ist. Ich möchte keine Veränderung. Und erst recht möchte ich kein Kind zu Besuch, das mit mir spielen will. Im Gegenteil: Ich HASSE Kinder! Sie sind laut und ungezogen, und bisher hat mich noch jedes Kind, das mir begegnet ist, irgendwann geärgert. Mich zum Beispiel an meinen langen Schnurrbarthaaren gezogen. Oder gar versucht, diese abzuschneiden.

Werner hat einen Bruder mit drei besonders ungezogenen Rotznasen: zwei kleine Mädchen, Zwillinge, und einen etwas größeren Jungen. Die drei quälen mich jedes Mal, wenn sie in der Hochallee zu Besuch sind. Weihnachten, Ostern – egal welches Familienfest gefeiert wird, diesen Kindern fallen immer die hirnrissigsten Sachen ein. Beim letzten Weihnachtsfest haben sie zum Beispiel versucht, mir eine rote Zipfelmütze auf dem Kopf zu befestigen, damit ich aussehe wie der Weihnachtsmann. Mit Klebstoff! Das muss man sich mal vorstellen! Natürlich hat Werner mit den drei Mini-Terroristen geschimpft, aber da war es schon zu spät: Die Mütze klebte so fest in meinen Haaren, dass Olga sie mir mit einer Nagelschere aus dem Fell schneiden musste. Danach sah ich aus wie der letzte Idiot. Einfach furchtbar! Ich, Winston Churchill, völlig entstellt.

Also egal, was hier noch passiert und wer Olga ersetzt, wenn sie zu ihrem Dieter geht: alles, bloß keine Kinder in der Hochallee 106a! Heilige Ölsardine, BITTE keine Kinder!

Erst ein Ende. Dann ein Anfang. Und was für einer!

Falls es einen Katzengott gibt, hat er meine Gebete nicht erhört. Denn natürlich geht meine Geschichte mit KINDERN weiter. Und mit Olgas Abschied. Ein schwerer Schlag für einen treuen Kater wie mich!

Ein paar Tage später steht Olga nämlich mit ihren Koffern an der Tür, während Dieter neben ihr bereits ungeduldig von einem Bein aufs andere tappt. Ich beäuge ihn misstrauisch.

Wie ich von langen Fernsehabenden mit Werner weiß, bilden Menschen gern Paare. Ein Mann verliebt sich zum Beispiel in eine Frau und dann sind sie ein Paar und bleiben zusammen. So jedenfalls wünschen es sich die meisten Menschen. Viele der Filme, die ich gemeinsam mit Werner geschaut habe, handeln von den Problemen, die sich ergeben, wenn das mit der Liebe nicht richtig klappt. Das kann dann oft ziemlich kompliziert werden, und ich habe mir schon häufiger gedacht, dass die Menschen weniger Stress hätten, wenn es dieses Liebesding gar nicht gäbe. Werner zum Beispiel hat den ganzen Ärger nicht. Und das liegt eindeutig daran, dass er nicht mit einer Frau, sondern mit mir in der Hochallee lebt. Mann und Kater passen einfach besser zusammen als Mann und Frau. Olga wird das vermutlich auch noch merken, wenn sie diesen Dieter erst mal den ganzen Tag am Hals hat. Da wird der Traummann schnell zum Albtraum. Und dann wird sie sich wünschen, sie wäre hiergeblieben und würde sich noch um Winston und Werner anstatt um Dieter kümmern. Uns verlässt man eben nicht so einfach!

Olga greift in ihre Hosentasche und zieht einen Schlüsselbund heraus.

»Hier ist mein Wohnungsschlüssel.«

Werner nickt. Er lächelt nicht mehr, sondern guckt so traurig, wie ich mich gerade fühle. Nach ein paar Jahren als Haustier kann man ziemlich viel am menschlichen Gesicht ablesen. Ich jedenfalls weiß nach einem Blick auf Werner meistens sofort, wie er gerade gelaunt ist. Das kann sehr praktisch sein, etwa wenn ich etwas ausgefressen habe. Ein Blick auf sein Gesicht und ich erkenne, ob es richtig Ärger gibt oder Werner darüber lacht. Und je nachdem kann ich mich schnell verkrümeln oder eher ein bisschen mit ihm kuscheln.

»Tja, dann heißt es jetzt Abschied nehmen, richtig?«, will Werner wissen. Ob er auch hofft, dass es sich Olga in letzter Sekunde noch anders überlegt?

»Richtig«, sagt Olga und macht einen Schritt den Flur hinunter. »Anna«, ruft sie dann laut, »Dieter ist da, wir wollen los!«

»Moment!«, tönt es aus der Küche. »Ich komme gleich.«

Kurz darauf steht Anna bei uns. Ich schnuppere an ihrem Hosenbein. Anscheinend kocht sie gerade etwas. Riecht ganz lecker. Komisch nur, dass sie gar keine Schürze trägt. Ohne Schürze hat Olga nie gekocht. Aber offenbar geht es auch so. Interessant.

Olga friemelt an ihrem Schlüsselbund herum und reicht Anna einen Schlüssel.

»Hier, meine Liebe! Pass gut darauf auf! Und natürlich nicht nur darauf, sondern auch auf den Herrn Professor. Nicht zu vergessen Winston.«

Anna nimmt den Schlüssel mit der einen Hand und reckt die andere in die Luft.

»Ich schwöre!« Jetzt lachen alle, und die traurige Stimmung, die sich eben wie Bodennebel in der ganzen Wohnung auszubreiten drohte, wird von dem Gelächter ein wenig verscheucht. Olga schüttelt Werner zum Abschied die Hand. Der zögert kurz, dann zieht er sie in seine Arme und drückt sie kurz.

»Olga, machen Sie es gut! Ich werde Sie vermissen!«

Miau, ich auch! Aber wie sage ich das, ohne zu reden? Ich entscheide mich für einen rasanten Sprung vom Boden auf die Kommode unter dem Schlüsselbrett und von dort auf Olgas Arm. Lasst Taten sprechen! Zwei Sekunden später lande ich zielsicher in Olgas Armen.

»Oh, hoppla! Angriff von vorn!«, kommentiert Olga meinen Sensationssprung und krault mich hinter den Ohren. »Ich glaube, Winston will mit uns gehen!«

»Nee, nee, hiergeblieben!«, ruft Werner. »Ihr könnt jetzt nicht alle abhauen!«

»Das wär mir auch nicht recht«, ergänzt Dieter. »Ich habe nämlich eine leichte Katzenallergie. Auf Dauer würde das mit mir und der Katze nicht gut gehen.«

Unmöglich! Olga hat sich einen Mann ausgesucht, der keine Katzen verträgt? Das darf doch wohl nicht wahr sein! Was für einen schlechten Männergeschmack sie hat! Beleidigt hüpfe ich von Olgas Arm und verkrümele mich in die Küche. Dort bleibe ich so lange, bis Olga und Dieter die Wohnung verlassen haben.

Als ich mich in dieser Nacht in mein Körbchen lege, um zu schlafen, geht es mir, Gott sei Dank, schon ein kleines bisschen besser. Anna hat etwas sehr Leckeres für mich gekocht – Geflügelleber mit echtem Reis. Dann hat sie fröhlich pfeifend die Wohnung geputzt – ganz so, wie Olga das immer gemacht hat. Vielleicht ändert sich doch gar nicht so viel in meinem Katerleben. Mit diesem Gedanken rolle ich mich zufrieden zusammen, schlafe ein und beginne, süß zu träumen. Von Geflügelleber. Und einem frisch geputzten, sonnigen Plätzchen auf der Fensterbank.

Rrrriiiing! Rrriiiing! Riiiiiiiinnng! Im Traum hat mich Werner auf das Tischchen neben dem Telefon gesetzt, als dieses zu läuten beginnt. Erst zögerlich, dann ziemlich aufdringlich. Miau! Das stört meinen schönen Traum aber empfindlich! Nun geh schon ans Telefon, Werner! Aber Werner reagiert nicht. Er sitzt einfach nur da und lässt es klingeln. Unmöglich! Merkt der nicht, dass dieses Geräusch nervt? *Rrrriiiiinnng! Rrrriiiiinnng!* Mann, Werner, geh ran! Ich kann mit meinen Pfoten wohl kaum den Hörer abheben.

Aber Werner geht einfach nicht ans Telefon, und je länger es klingelt, desto mehr fällt mir auf, dass das Geräusch nicht nur in meinem Traum, sondern auch in echt da ist. Und es ist gar nicht das Telefon, sondern die Türklingel, an der jemand Sturm läutet. Und das mitten in der Nacht. Gibt's doch gar nicht!

Müde rappele ich mich hoch. Wer zum Teufel ist das? Jetzt taumelt Werner, noch halb im Schlaf, an mir vorbei.

»Was ist denn hier los, Winston?«, will er von mir wissen. Aber diese Frage kann ich ihm nicht beantworten. »Drei Uhr nachts! Das ist ein bisschen spät für Besuch.« Er gähnt und wirft einen Blick durch den Spion in der Tür. Von dort kann man sehen, wer im Hausflur steht.

»Ach du liebe Güte!«, entfährt es ihm. Offenbar ist der Besuch nicht nur überraschend, sondern sehr überraschend. Werner legt die Kette zurück, die unsere Haustür von innen versperrt. Dann öffnet er die Tür einen Spalt. Davor steht Anna. Und ein sehr dünnes, traurig dreinblickendes Mädchen.

Erstens kommt es anders. Und zweitens als man denkt.

Anna hat ganz geschwollene Augen und sieht irgendwie anders aus als noch vor ein paar Stunden. Das Mädchen scheint zu frieren, jedenfalls zittert es ein bisschen. Oder hat es vielleicht Angst? Und falls ja: warum? An Werner und mir kann es nicht liegen. Werner sieht in seinem gestreiften Bademantel bestimmt nicht besonders gefährlich aus – und ich bin hier ja nur die Katze. Schließlich haben nicht mal die ungezogenen Rotzgören von Werners Bruder Angst vor mir. Und die sind eindeutig jünger als das Mädchen.

»Hallo. Ich wollte nicht einfach so reinkommen, deswegen habe ich geklingelt.« Annas Stimme hört sich unsicher an. Das Mädchen neben ihr schweigt. Ob das Kira ist? Bestimmt. Zumindest sieht sie Anna ähnlich. Die gleichen hellen Haare, die gleichen großen Augen.

Auch Werner hat bisher noch kein Wort gesagt. Wahrscheinlich hat es ihm die Sprache verschlagen. Jetzt räuspert er sich.

»Hallo, Anna! Das ist ja eine Überraschung! Ist etwas passiert?«

Anna nickt.

»Ich … äh …« Sie spricht ganz leise. »Ja, es ist etwas passiert. Ich habe großen Ärger mit meinem Freund und ich wusste nicht, wohin ich gehen sollte. Zu Hause konnten Kira und ich nicht bleiben. Es …«, sie zögert, »gab ein Problem.«

»Oh.« Mehr sagt Werner erst mal nicht, aber er öffnet die Tür ganz. Anna und das Mädchen kommen in die Wohnung. Jetzt erst sehe ich, dass Anna eine ziemlich große Tasche dabeihat.

»Sie können mit Ihrer Tochter im Gästezimmer schlafen. Wir reden weiter, wenn wir alle so richtig wach sind«, schlägt Werner dann vor.

Anna nickt, Kira sagt noch immer kein Wort. Die beiden gehen den Flur entlang Richtung Gästezimmer. Kurz bevor sie hinter der Zimmertür verschwinden, dreht sich Anna noch einmal um.

»Danke, Herr Professor!«

»Äh, keine Ursache. Schlafen Sie gut. Das versuche ich jetzt auch.«

Mit diesen Worten macht sich Werner ebenfalls wieder in Richtung seines Bettes auf. Ich trolle mich in mein Körbchen. Was für eine aufregende Nacht! Ich glaube nicht, dass ich nun einfach weiterschlafen kann.

Kann ich auch nicht. Unruhig wälze ich mich hin und her und versuche, an etwas Schönes zu denken. Zum Beispiel an eine große Sardinenlasagne. Zwecklos. Ich bin zwar müde, doch mir geht einfach zu viel durch den Kopf.

Welche Probleme kann Anna haben, dass sie mitten in der Nacht ihre Tochter einpackt und bei uns auf der Matte steht? Das muss ja etwas ganz Wildes gewesen sein. Irgendwie werde ich das Gefühl nicht los, dass es in der Hochallee 106a von nun an ein wenig aufregender zugehen wird als bisher.

Werner ist ja eher ein ruhiger Vertreter der Menschenart. Tagsüber ist er meist an der Universität und forscht – und zwar an Teilchen, die so klein sind, dass man sie mit bloßem Auge nicht sehen kann. Atome nennt man die. Auch Werner kann sie nicht sehen, aber er weiß trotzdem, dass sie da sind. Genau wie seine Schwester. Die ist Pastorin und glaubt auch an irgendwas Unsichtbares. Alle komisch, diese Menschen. Ich glaube nur an Geflügelherz mit Petersilie. Und beides KANN ich sehen!

Nein, es hilft nichts. Ich kann einfach nicht einschlafen. Außerdem bekomme ich langsam Hunger vom vielen Wachherumliegen. Ich beschließe, einen Blick in meinen Fressnapf zu werfen. Vielleicht ist ja ein Wunder geschehen und es hat sich noch etwas Leckeres hineinverirrt.

Auf der Höhe der Küche angelangt, höre ich ein seltsames Geräusch. Es kommt aus dem Gästezimmer. Ich schleiche hinüber. Je näher ich tapse, desto klarer wird mir, dass das Geräusch ein Schluchzen ist. Jemand weint. Vielleicht Anna? Ich drücke meine Schnauze gegen die Tür. Sie ist nicht fest verschlossen und ich kann sie öffnen. Leise husche ich in das Zimmer.

Eine Gestalt sitzt aufrecht auf der einen Seite des Doppelbetts. Hier im Dunkeln dauert es einen kurzen Moment, bis ich sie genauer erkenne: Es ist nicht Anna, sondern Kira. Und sie weint tatsächlich. Okay, sie ist zwar ein Kind, das mich mit Sicherheit irgendwann nerven wird, aber dass sie weint, tut mir trotzdem leid. Ich schleiche zu ihr, hüpfe auf ihre Seite des Betts und beginne, ihre Hände abzuschlecken. Normalerweise ist das Hüpfen von Katern in Menschenbetten in dieser Wohnung zwar streng verboten, doch ich habe beschlossen, dass hier ein Notfall vorliegt. Außerdem verrät mir ein sanftes Schnarchen auf der anderen Seite des Betts, dass Anna tief und fest schläft. Die wird nicht mit mir schimpfen.

»Ui! Das kitzelt!« Kira, die eben noch geweint hat, kichert jetzt ein bisschen. Dann streckt sie ihre Hände nach mir aus und streichelt mich.

Wie auf Kommando beginne ich zu schnurren. Wenn ich etwas gelernt habe über die Kommunikation mit dem Menschen, dann, dass er Bestätigung braucht. So kann man sich seinen Menschen am besten erziehen. Wenn er also etwas macht, was einer Katze gefällt, ist sie gut beraten, ihn dafür zu loben. Und Schnurren ist für den Menschen ein Lob – jedenfalls freuen sich die meisten darüber. Also schnurre ich, was das Zeug hält, und tatsächlich versiegen so langsam auch die letzten Schluchzer von Kira und sie nimmt mich auf den Arm.

»Du bist ja süß! Mama hat schon von dir erzählt!« Kira klingt gar nicht so wie Olga oder Anna. Sie rollt das R überhaupt nicht und insgesamt hört sich alles, was sie sagt, ein bisschen weicher an. Sie spricht also eher wie Werner – eben nur mit kindlicher Stimme. Ob die Menschen *daran* erkennen, woher jemand kommt? Bevor ich noch länger darüber nachdenken kann, krault mich Kira hinter den Ohren. Ich rekle mich und mache mich ganz lang, dann drehe ich mich auf den Rücken, damit mich Kira auch auf dem Bauch kraulen kann. Herrlich!

»Das gefällt dir, nicht wahr?«

Am liebsten würde ich *Ja!* rufen, aber weil das nicht geht, schnurre ich einfach noch lauter. Kira kommt mit ihrem Gesicht ganz nah an mich heran, dann vergräbt sie es in meinem Fell. Eine Weile hockt sie so gebeugt über mir, bevor sie sich wieder aufsetzt.

»Das tut gut. Weißt du, ich hatte heute einen ganz fürchterlichen Tag. Na ja, eigentlich eine ganz fürchterliche Nacht.« Ich rolle mich von ihrem Schoß und setze mich vor sie aufs Bett. Das klingt nach einer spannenden Geschichte. Vielleicht erzählt Kira sie, wenn ich aufmerksam genug gucke? Ich spitze die Öhrchen und mache mein schlaustes und interessiertestes Katzengesicht in der Hoffnung, dass Kira es trotz der Dunkelheit bemerkt.

»Du wirst echt nicht glauben, was mir passiert ist! Ich kann es ja selbst kaum glauben. Wenn du willst, erzähle ich es dir.«

Bingo, sie hat gemerkt, dass ich die Geschichte hören will! Dieses Mädchen hat offenbar einen Draht zu Katzen. Ich lege den Kopf auf ihren Schoß und lausche gespannt.

»Also, es war nämlich so: Ich war schon fast im Bett, als

Vadim nach Hause kam. Vadim ist der Freund meiner Mama. Wir leben seit einem Jahr mit ihm zusammen. Oft ist er sehr nett, aber manchmal kann er total ausrasten. Und heute war wieder so ein Moment. Ich habe es schon gemerkt, als er zur Tür rein ist – er war angespannt wie ein Flitzebogen! Mama hat ihm von ihrem neuen Job erzählt, aber es war ihm völlig egal. Er war wütend, weil er sich mit einem Freund gestritten hatte. Richtig wütend! Ich habe mich schnell ins Bett verzogen, weil es nicht gut ist, da zu sein, wenn Vadim wütend ist. Dann hat er angefangen, sich mit Mama zu streiten. Er hat sie angebrüllt. Ich habe mir die Bettdecke über den Kopf gezogen, aber ich habe trotzdem alles mitbekommen.«

Menschen, die rumschreien, kann ich persönlich nicht leiden. Mein Gehör ist nämlich ausgezeichnet. Es ist überhaupt nicht nötig, laut zu werden, wenn man mir etwas erzählen will. Zum Glück kenne ich so gut wie niemanden, der diese Unart pflegt. Werner sagt immer, wenn die Studenten zu laut werden, muss man selbst leiser werden. Dann hören sie einem zu. Recht hat er – wenn er flüstert, höre ich auch besser hin.

»Dann hat es irgendwann an unserer Wohnungstür geklingelt. Und zwar nicht nur einmal, sondern ununterbrochen.«

Tja, was soll ich sagen? Das kommt mir nun sehr bekannt vor.

»Vadim hat aber nicht aufgemacht und meine Mama auch nicht, weil Vadim es ihr verboten hat. Und man hält sich besser daran, was Vadim sagt. Vor allem, wenn er sauer ist.«

Brrrr, das scheint ja ein sehr unangenehmer Zeitgenosse zu sein! Meine Nackenhaare stellen sich auf. Rumschreien und dann auch noch andere rumkommandieren, das geht gar nicht! Gerade als Katze kann ich mit so einem Verhalten überhaupt nichts anfangen. Wäre ich ein Hund, würde das vielleicht anders aussehen. Ich glaube nämlich, dass sich Hunde ganz gern von Menschen rumscheuchen lassen. Aber eine Katze: niemals! Ich schnurre ein bisschen lauter, um Kira klarzumachen, dass ich völlig auf ihrer Seite stehe. Nicht dass sie noch denkt, ich würde so ein Verhalten wie das von Vadim gutheißen. Sie lächelt mich an und streichelt mich weiter.

»Schließlich hörte das Klingeln auf und jemand hämmerte an die Tür und rief laut: ›Aufmachen! Polizei!‹ Ich habe einen Riesenschreck bekommen. Stell dir mal vor – die Polizei! Mitten in der Nacht!«

Ehrlicherweise muss ich gestehen, dass ich gar nicht so genau weiß, was die Polizei eigentlich ist. Also, ich weiß schon, dass man irgendwie Ärger hat oder welchen bekommt, wenn die Polizei mit viel Tatütata auftaucht. So habe ich es jedenfalls im Fernsehen gesehen. Im wirklichen Leben habe ich aber noch nie mit der Polizei zu tun gehabt. Das liegt hauptsächlich daran, dass ich Werners Wohnung höchstens mal verlasse, wenn ich zum Tierarzt muss. Und eine Tierarztpraxis scheint nicht der Ort zu sein, an dem man normalerweise auf die Polizei trifft. Im Fernsehen habe ich jedenfalls noch nie erlebt, dass sich ein Polizist mit einem Tierarzt unterhält. Ich habe mich allerdings schon oft gefragt, ob es zwischen dem Leben im Fernseher und dem außerhalb der Flimmerkiste große Unterschiede gibt. Aber um das zu erkunden, müsste ich mal rausgehen. Und das habe ich definitiv nicht vor!

»Na ja, jedenfalls hat es auf einmal mächtig geknallt. Und dann müssen die Polizisten irgendwie in die Wohnung gekommen sein. Wahrscheinlich haben sie die Tür eingetreten – Vadim hat ihnen bestimmt nicht freiwillig aufgemacht. Es gab ein großes Geschrei auf dem Flur und kurz darauf flog die Tür zum Schlafzimmer auf. Mama hat mich aus dem Bett gezogen und gesagt, dass ich mich ganz schnell anziehen sollte. Die Polizisten haben ihr nämlich geraten, mit mir die Wohnung zu verlassen. Die haben irgendetwas gesucht und meinten, es wäre besser, wenn wir gingen. Also hat Mama ein paar Sachen für uns eingepackt. Den Rest kennst du ja.« Kira gähnt. »Weißt du, Winston, auch wenn das heute Nacht alles total schrecklich war: Ich bin echt froh, dass wir da weg sind. Und ich glaube, Mama will auch gar nicht mehr zu Vadim zurück. Die haben sich nämlich total oft gestritten.«

Was für eine Geschichte! Schon beim Zuhören bekomme ich Herzrasen. Die Vorstellung, hier nachts rauszumüssen und in eine völlig fremde Wohnung verfrachtet zu werden, macht mir eine Heidenangst – das gebe ich ehrlich zu! Und das, obwohl ich doch eigentlich ein sehr furchtloser Stubentiger bin. Wie viel schlimmer muss das also erst für so ein zartes Mädchen wie Kira gewesen sein. Es schaudert mich! Ich hoffe stark, Kira und Anna haben nur die große Tasche mit zu uns in die Hochallee gebracht – und nicht etwa auch ihre Probleme mit der Polizei. Auf alle Fälle sollten wir aufpassen, dass dieser Vadim nicht bald vor *unserer* Tür steht.

So leid es mir tut: Vielleicht wäre es schlau, wenn Anna und Kira bald wieder von hier verschwinden würden. Am besten gleich morgen nach dem Frühstück. Auf die Bekanntschaft mit einem unangenehmen Typen wie Vadim lege ich nämlich überhaupt keinen Wert. Wie mache ich das bloß Werner begreiflich? Ich beschließe, später darüber nachzudenken. Jetzt bin ich erstaunlicherweise plötzlich doch sehr müde. Und weil mir der Weg in mein Körbchen zu weit erscheint, rolle ich mich einfach zu Kiras Füßen zusammen und schlafe ein. Morgen ist schließlich auch noch ein Tag.

Neue Mitbewohner? Lieber nicht. Oder lieber doch?

Wer hätte gedacht, dass es so kuschelig ist, mit einem Menschen zusammen im Bett zu schlafen? Ich habe das mit Werner noch nie ausprobiert. Sein Schlafzimmer ist für mich sowieso verboten. Aber hier, so dicht neben Kira, fühlt es sich doch ziemlich gut an. Ihr Atem geht regelmäßig und anders als ihre Mutter schnarcht sie auch nicht.

Bis eben habe ich noch tief und fest geschlafen, aber nun fällt langsam Morgenlicht durch das Zimmerfenster und kündigt den neuen Tag an. Vorsichtig, um Kira nicht zu wecken, krieche ich zum Kopfende des Bettes hoch und betrachte sie. Ihr Gesicht sieht friedlich und entspannt aus. Schön! Ich lege mein Gesicht ganz nah neben ihres, rolle mich ein Stück unter die Bettdecke und schließe wieder die Augen. Das ist genau die richtige Position, um vor dem Frühstück noch eine Mütze Schlaf zu bekommen.

Ich bin gerade erneut eingenickt, als mit einem Ruck die Decke weggerissen wird und ein kalter Luftzug mich sehr unsanft ins Hier und Jetzt befördert. He, was soll das denn? Vorsichtig öffne ich ein Auge, nur um es gleich wieder zu schließen. Über dem Bett baumelt nämlich eine Lampe, die geradezu eklig helles Licht in mein Gesicht strahlt. Okay, irgendjemand will uns mit Gewalt aus dem Bett schmeißen. Die Frage ist nur: wer und warum?

»Kira, aufwachen! Du musst aufstehen! Sonst kommst du zu spät zur Schule!« Anna steht neben uns und ist erschreckend wach.

Kira rappelt sich hoch.

»Mann, Mama, ich bin noch total müde!«

»Ja, ich weiß. Tut mir auch leid, aber von der Hochallee bis zu deiner Schule brauchst du bestimmt fast eine Stunde. Da musst du gleich los, wenn du es bis acht Uhr schaffen willst.«

Brrr, ich weiß nicht genau, wann acht Uhr ist. Aber es ist mit Sicherheit eine Uhrzeit, zu der Werner normalerweise noch im Bett liegt. Oder gerade den ersten Kaffee trinkt. Wir beide starten nämlich gern gemütlich in den Tag. Das scheint aber unmöglich zu sein, wenn man zur Schule geht. Ob das wohl bedeutet, dass alle Kinder zur selben Zeit dort sein müssen? Und falls ja: Wer hatte denn diese blöde Idee? Es wäre doch viel entspannter für alle, wenn jeder kommen könnte, wann er wollte!

Gut, dass Kira und Anna nur ausnahmsweise hier geschlafen haben. Ich hätte wirklich keine Lust, jeden Morgen so früh geweckt zu werden!

»Was müssen Sie bloß von mir denken! Es ist mir so unangenehm!« Anna und Werner sitzen auf dem großen Sofa im Wohnzimmer, ich liege auf dem Fensterbrett. Seit einer Viertelstunde redet Anna ununterbrochen und erzählt Werner dieselbe Geschichte, die ich heute Nacht von Kira gehört habe. Nur die Sache mit der Polizei lässt sie weg. Stattdessen behauptet sie, dass dieser blöde Vadim sie einfach mit Kira vor die Tür gesetzt hätte. Komisch … ob Werner vielleicht nichts von der Polizei wissen soll?

Beim Reden fuchtelt Anna so wild mit den Armen, dass ich mich ab und zu wegducken muss, um nicht eins auf die Nase zu kriegen. Also, das unterscheidet sie definitiv von Olga: Während Olga immer ziemlich ruhig war, scheint Anna ein echtes Energiebündel zu sein – sie ist eigentlich immer in Bewegung. Für jemanden wie mich, der den ganzen Tag am liebsten auf dem Sofa herumliegt, ist das schwer zu verstehen. Wozu so viel Stress?

Allerdings muss auch ich zugeben, dass die letzte Nacht so aufregend war, dass Anna jetzt völlig zu Recht Nervenflattern hat. Auch Kira war vorhin noch ganz aufgescheucht, als sie zur Schule aufgebrochen ist. Ich bin immer noch ganz entsetzt, wie früh das arme Kind losgegangen ist. Allein bei dem Gedanken daran muss ich gähnen und strecke mich ein wenig. Wenn Anna mit ihrer Fuchtelei fertig ist, würde ich gern noch ein bisschen schlafen. So ein Nickerchen vor dem Mittagessen wird mir bestimmt guttun. Dann noch eines *nach* dem Essen und der Tag ist mein Freund!

Also: Anna soll mit ihrer Geschichte mal zum Ende kommen! Schließlich sitzt sie auf *meinem* Sofa und blockiert dort *meinen* Platz. Werner benutzt es so gut wie nie, wenn wir allein sind, und so hat es sich eingebürgert, dass vor allem ich darauf liege. Wenn die Sonne ab dem frühen Nachmittag auf die Polster scheint, gibt es keinen Platz in der Wohnung, der gemütlicher ist als dieses Fleckchen. Ich hoffe stark, Anna macht ihn mir in Zukunft nicht streitig – aber die soll hier schließlich arbeiten und nicht auf dem Sofa sitzen.

Es klingelt. Das ist bei uns tagsüber ungewöhnlich. Da bekommen wir eigentlich nie Besuch – genauso wenig wie mitten in der Nacht. Werner seufzt und steht von der Couch auf.

»Das ist bestimmt die Post. Moment, ich bin gleich wieder da.« Richtig. Ab und zu gibt die Postbotin ein Päckchen für uns ab. Langweilig. Da bleibe ich lieber auf dem Fensterbrett liegen und hoffe, dass Werner doch nicht wiederkommt und sein Platz frei wird.

Aus dem Flur hört man Stimmen. Werner, klar. Die zweite Stimme ist aber nicht die der Postbotin. Sondern die von Kira. Nanu – ist die Schule etwa schon vorbei? Das ist dann ja echt eine kurze Veranstaltung. Wenn Werner zur Uni geht, ist er immer ein paar Stunden verschwunden. Dass Kira nun schon vor dem Mittagessen zurückkommt, hätte ich nicht gedacht. Sei's drum, mir wird sie schon nichts wegfressen. Ich kann mir nicht vorstellen, dass sie sich an meinem Napf vergreift.

Ich hüpfe vom Fensterbrett, um Kira zu begrüßen. Das Kuscheln heute Nacht war nicht so schlecht. Vielleicht kann ich noch ein paar Streicheleinheiten bei ihr abstauben.

Bevor ich aber bei der Tür zum Flur angekommen bin, stehen Werner und Kira schon im Wohnzimmer. Und auf den ersten Blick aus meinen grünen Augen kann ich sehen, dass hier etwas nicht stimmt. Und zwar *überhaupt nicht* stimmt! Kira sieht noch aufgelöster aus als gestern Nacht vor unserer Tür. Ihr Gesicht ist ganz nass und übersät mit Flecken. Sie hat offenbar heftig geweint. Nein, eigentlich weint sie immer noch. Ihre langen Haare, die Anna ihr heute Morgen sorgfältig geflochten hat, sind wirr und zerzaust, und ihre Jeans hat ein großes Loch auf dem Knie, wo vorher definitiv keines war. Ich merke, wie sich die Haare an meiner Schwanzspitze langsam aufrichten: ein untrügliches Zeichen für Gefahr!

Anna springt vom Sofa auf.

»Mein Gott, Kira! Was ist passiert?«

Weinend fällt Kira ihrer Mutter in die Arme.

»Mama! Ich hatte solche Angst! Vadim – er war bei meiner Schule! Er wollte wissen, wo du jetzt bist, und als ich es ihm nicht gesagt habe, ist er völlig ausgerastet.« Kira schluchzt so sehr, dass sie nicht weitersprechen kann. Anna streichelt ihr über den Kopf und murmelt etwas, das wie *Schhhh, Schhhhh* klingt. Kira beruhigt sich etwas.

»Er hat rumgeschrien und gesagt, dass er so lange vor der Schule wartet, bis ich ihm verrate, wo wir geschlafen haben.«

»Hat er dich geschlagen?«, will Anna wissen. »Du siehst furchtbar aus!« Kira schüttelt den Kopf.

»Nein. Aber ich hatte natürlich Angst, dass er mir etwas tut. Deswegen bin ich schnell weggerannt und dabei hingefallen. Mein Knie hat etwas abgekriegt, aber sonst ist nichts passiert.«

Werner räuspert sich.

»Dieser Vadim, kennen Sie ihn?« Anna nickt.

»Ja, das ist mein Freund, von dem ich Ihnen erzählt habe.«

»Sie müssen die Polizei rufen, sofort!«

Anna schüttelt heftig den Kopf.

»Nein! Keine Polizei! Auf keinen Fall!«

»Aber warum denn nicht? Der Mann ist doch offenbar gefährlich! Er hat Ihre Tochter bedroht!«

»Ich weiß, aber wenn die Polizei kommt, wird alles nur noch schlimmer.«

Aha? Alles wird schlimmer, wenn die Polizei kommt? Bei den Gräten im Hering – dann sollten wir sie besser nicht rufen! Hier ist es gerade schon aufregend genug, zumindest für einen braven Kater wie mich. Werner legt den Kopf schief und mustert Anna und Kira nachdenklich.

»Okay, Ihre Entscheidung. Aber Sie gehen unter keinen Umständen zurück in Ihre Wohnung. Und Kira kann auch nicht wieder an ihre Schule zurück. Das ist viel zu gefährlich!«

Anna zuckt mit den Schultern.

»Ja, wahrscheinlich haben Sie recht. Aber was sollen wir machen? Kira muss doch zur Schule gehen.«

»Hm.« Werner denkt nach. Und wenn er nachdenkt, wird er immer etwas einsilbig. Wir anderen warten gespannt, ob ihm etwas einfällt.

Werner macht noch einmal »Hm«, dann holt er Luft.

»Sag mal, Kira, bist du eine gute Schülerin?«

Bevor Kira antworten kann, kommt es wie aus der Pistole geschossen von Anna: »Ja, natürlich! Kira ist eine sehr gute Schülerin! Immer nur Einsen und Zweien – ich muss mir nie Sorgen machen!«

Ein klarer Fall: Mutterstolz pur. Anna klingt jetzt fast so wie ein Züchter, der von den Erfolgen seines Nachwuchses auf der Katzenausstellung berichtet. Ich weiß, wovon ich rede. Ich selbst stamme aus einer sehr edlen Zucht von Britisch Kurzhaarkatzen. Und wenn ich mich recht entsinne, bogen sich die Regale im Wohnzimmer meines Züchters unter den Pokalen seiner Katzenchampions. Die bekannteste Britisch-Kurzhaar-Zucht der Welt. Na gut, vielleicht nur Deutschlands – auf jeden Fall war unser Züchter stolz auf seine Katzen. Kira scheint dieser Ausbruch ihrer Mutter aber ziemlich peinlich zu sein. Verlegen schaut sie auf ihre Schuhspitzen und knetet ihre Hände.

»Ach, Mama, gib bitte nicht so mit mir an. Sooo toll bin ich nun auch wieder nicht. Ich bin doch keine Streberin!«

Werner lächelt.

»Natürlich keine *Streberin*! Ich wollte nur wissen, ob du in der Schule ganz gut mitkommst. Aber das scheint ja der Fall zu sein. Das ist klasse. Ich habe da nämlich eine Idee: Nicht weit von der Universität gibt es ein Gymnasium, dessen Direktorin ich kenne. Ich lade ihre Klassen manchmal in meine Vorlesung ein, damit sich die Schüler das Fach Physik besser vorstellen können. Sie schuldet mir also einen Gefallen. Ich könnte sie fragen, ob Kira erst mal ihre Schule besuchen kann – zumindest, bis sich die Wogen geglättet haben und dieser Vadim Ruhe gibt. Allerdings soll die Schule ziemlich anspruchsvoll sein, deswegen meine Frage.«

Anna reckt das Kinn nach oben.

»Eine schwere Schule ist für meine Tochter kein Problem.« Kira seufzt, sagt aber nichts.

»Bestens. Dann ist das mein Angebot: Ihr wohnt erst mal hier und Kira besucht das *Wilhelminen-Gymnasium*. Ich kümmere mich darum.« Er streckt Anna die Hand entgegen. Die zögert erst, schlägt aber schließlich ein.

»Danke. Ich versteh nur nicht, warum Sie uns so nett helfen.«

Werner grinst.

»Erstens: weil ich eben nett bin. Zweitens: weil ich noch nie mit einer Familie zusammengelebt habe. Diese Erfahrung ist völlig neu für mich und vielleicht spannend. Auf jeden Fall habe ich hier den Platz und die Möglichkeit zu helfen – also warum nicht?«

»Na gut. Dann auf ein schönes Zusammenleben!«

»Genau. Willkommen, neue Mitbewohner!« Jetzt lachen die beiden und sogar Kira ringt sich ein Lächeln ab. Sie scheint die Idee auch nicht schlecht zu finden.

Was *ich* allerdings darüber denke, interessiert wieder mal keinen der Zweibeiner. Typisch. Dabei wohne ich hier genauso. Und im Gegensatz zu Werner finde ich nicht, dass uns beiden die Familienerfahrung fehlt. Es war doch alles wunderbar, so wie es war!

Andererseits: Ob mich Kira noch einmal in ihrem Bett schlafen lässt? Das war nicht so schlecht. Bis auf das elendig frühe Aufstehen. So etwas brauche ich wirklich nicht noch einmal! Ich beschließe, die ganze Angelegenheit mal ein paar Tage zu beobachten und mir dann eine Meinung zu bilden. Hinterher ist man ja bekanntlich immer schlauer. Und das gilt ausnahmsweise nicht nur für Menschen, sondern auch für Katzen.

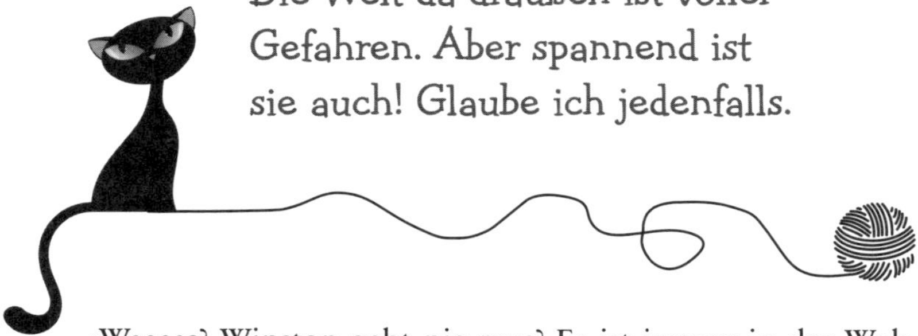

Die Welt da draußen ist voller Gefahren. Aber spannend ist sie auch! Glaube ich jedenfalls.

»Waaaas? Winston geht nie raus? Er ist immer in der Wohnung? Immer?« Kira ist fassungslos. Warum nur? Ist doch sehr schön in unserer Wohnung. Werner hat Kira gerade erklärt, dass ich ein reiner Hauskater bin und deswegen niemals draußen spazieren gehe. Das Ergebnis dieser Erklärung ist, dass Kira mich jetzt sehr mitleidig anguckt und mir über den Kopf streicht.

»Du Armer! Dir muss ja schrecklich langweilig sein.« So ein Quatsch! Mir ist überhaupt nicht langweilig. Mir geht es bestens. Vor allem, wenn mich ein Mensch so ausdauernd am Bauch krault, wie es Kira in der letzten halben Stunde getan hat. Dann allerdings hat sie Werner gefragt, ob es für mich eine Leine gibt, damit sie mal mit mir spazieren gehen könne. Spazieren! An der *Leine*!!! Ich bin doch kein Hund!

Werner schaut mich nachdenklich an.

»Nein, eine Leine habe ich nicht. Ich dachte bisher immer, Winston sei mit seinem Leben ganz zufrieden. Aber vielleicht hast du recht und er müsste mal öfters raus. Scheint mir auch so, als sei der Gute in letzter Zeit ziemlich füllig um die Hüften geworden. Offenbar verwöhnt deine Mutter ihn zu sehr.« Er grinst, ich schäume. Gut, in den drei Wochen, in denen Anna nun schon bei uns arbeitet, habe ich vielleicht ein klitzekleines bisschen zugenommen – aber von *ganz schön füllig* kann überhaupt nicht die Rede sein. Frechheit!

Beleidigt will ich in Richtung Körbchen schleichen, da nimmt mich Kira mit Schwung auf den Arm und dreht mich mit dem Kopf zu ihrem Gesicht. Dann schaut sie mir direkt in die Augen.

»Du willst auch mal raus, ich sehe es dir genau an. Wir müssen uns nur noch überlegen, was ich als Leine nehmen könnte, dann geht es los. Versprochen!«

Das ist kein Versprechen, das ist eine Drohung! Ich WILL NICHT! Ich miaue, so laut ich kann, um Kira von ihrem dusseligen Plan abzubringen.

»Oh, hören Sie mal, Professor Hagedorn, Winston freut sich schon!« Kira strahlt und setzt mich wieder auf den Boden. Argh, es ist doch zum Schnurrbarthaarerausreißen!

Sie verschwindet im Gästezimmer und ich verkrümele mich schnell in mein Körbchen. Einen Moment später taucht Kira wieder auf. In der Hand hält sie ein glitzerndes langes Band.

»Guck mal, Winston, mein Gummitwistband. Daraus kann ich eine Leine für dich basteln.« Kira schlingt ein Ende des Bandes zu einer großen Schlaufe, kniet sich neben mich und legt diese um meinen Hals. Urgs! Sofort kriege ich das Gefühl zu ersticken und maunze mitleiderregend.

»Ja, ist ja gut!« Kira streichelt mich. »Wir starten gleich! Kannst es ja gar nicht mehr erwarten!« Dann steht sie auf und läuft zur Wohnungstür. Als sie kurz davor steht, spannt sich die Leine und zieht mich sanft in ihre Richtung. Ich bleibe stur sitzen.

»Komm, Winston! Auf ins Abenteuer!«

Kira zieht fester. Das Gummiband dehnt sich, wird aber auch straffer. Ein sehr unangenehmes Gefühl an meinem Hals bewegt mich schließlich dazu, doch das Körbchen zu verlassen. Eine Schande ist das: Ich, Winston Churchill, muss mich roher Gewalt beugen!

Je näher ich jedoch der Tür komme, desto mehr beginnt meine Nase vor Aufregung zu kribbeln. Das letzte Mal, dass ich die Wohnung verlassen habe, ist immerhin schon ganz schön lange her. Was mich wohl draußen erwartet? Ich meine – ich habe mich wirklich nicht um diesen Spaziergang gerissen, aber vielleicht wäre es doch ganz spannend, auf einen anderen Kater oder eine andere Katze zu treffen. Bisher war ich zwar nicht scharf auf so eine Begegnung, aber wer weiß? Hauptsache, wir treffen keinen Hund. Hunde sind mir unheimlich. Ich weiß natürlich, dass ich ihnen intellektuell völlig überlegen bin. Oder, um es einfacher auszudrücken: Ich bin viel schlauer als ein Hund. Aber im wahren Leben habe ich noch nie einen gesehen, und es wäre ja möglich, dass Hunde nicht nur dümmer, sondern auch stärker als ich sind. Also: alles, nur kein Hund!

Im Treppenhaus nimmt mich Kira kurz auf den Arm. Ich schaue mich um. Ein paarmal war ich hier schon unterwegs, aber ich habe nie so richtig auf die Umgebung geachtet. So viel steht fest: Das Treppenhaus ist ziemlich langweilig. Es riecht nach dem Putzmittel, mit dem Anna die Fußböden in unserer Wohnung wischt. Außerdem ist es recht dunkel. Und keine andere Katze weit und breit. Wahrscheinlich kommen die Hofkatzen nicht durch die untere Eingangstür. Allerdings auch kein Hund. Wenn unser kleiner Ausflug nicht *mehr* Abenteuer bereithält, hätte ich wirklich auf dem Sofa bleiben können.

Unten angekommen, öffnet Kira die Haustür, und mit einem Mal fällt helles Sonnenlicht in den Flur. Sofort verengen sich meine Pupillen zu schmalen Schlitzen. Nur noch ein Schritt, dann steht Kira mit mir vor der Tür. Hier weht mir ein ziemlich frischer Wind um die Nase. Sofort riecht es nach Blättern und Autos und Zigarettenrauch und … tatsächlich nach anderen Katzen! Wie elektrisiert strample ich mich aus Kiras Umarmung und hüpfe auf den Bürgersteig. Aua! Ein Ruck an meinem Hals erinnert mich daran, dass ich immer noch die blöde Leine trage. Egal, die ist schließlich aus Gummi, und wenn ich schon einen Spaziergang machen muss, bestimme *ich*, wo es langgeht. Ich stürze mich also in Richtung Katzengeruch.

»He, Winston, nun mach mal halblang! Wo willst du denn so schnell hin?« Kira hält die Leine zwar fest, kommt aber trotzdem hinter mir her. Braves Mädchen! Wer sagt's denn? Ich werde mir als gestandener Kater doch meinen Menschen erziehen können! Mit der Nase dicht über dem Boden folge ich der Fährte meiner Artgenossen. Ich kann sie genau riechen. Sie waren hier, mindestens zwei oder drei. Auf einmal komme ich mir herrlich wild und gefährlich vor! Die Spur verläuft vom Bürgersteig vor unserem Haus direkt in den Hinterhof. Dachte ich es mir doch! Ich habe die Hofkatzen erschnüffelt!

Hätte man mir vor ein paar Wochen gesagt, dass ich mich schon bald auf die Suche nach diesen struppigen Kollegen machen würde, hätte ich mich schlappgelacht. Nein, ich wäre empört gewesen. Aber seitdem Kira da ist, hat sich mein Leben irgendwie geändert. Es ist einfach nicht mehr so ruhig. Und auch wenn ich nicht scharf auf diesen Ausflug war, finde ich ihn jetzt doch spannend. Warum nicht mal etwas Neues ausprobieren? Okay, vielleicht hat sich also nicht mein Leben geändert, sondern ich, Winston. Zumindest ein ganz kleines bisschen.

Im Hof riecht es so stark nach den Katzen, dass ich sie vor meinem inneren Auge förmlich sehen kann. Das sind bestimmt die drei, die ich auch immer durch unser Küchenfenster beobachte: Eine ist getigert und ziemlich dick, eine weitere struppig und hellbraun. Und dann ist da noch eine weiße, die ganz hübsch sein könnte, wenn sie sich etwas besser pflegen würde und nicht immer so viele Schmutzflecken auf ihrem Fell hätte. Vom Fenster aus konnte ich natürlich nicht sehen, ob Männlein oder Weiblein, aber so, wie ich die Fährte hier beurteile, ist beides dabei: Kater und Katze.

»He, da ist ja der Typ aus dem zweiten Stock!« Schräg rechts über mir höre ich eine Stimme, die eindeutig einem Kater gehört. Und richtig: Dort, auf dem Unterstand der

Mülltonnen, sitzt der fette Tiger und grinst mich an. »Leute, ich glaub's ja nicht – der wird an der Leine spazieren geführt! Ich lach mich tot! Gibt's ja nicht, wie bekloppt ist das denn?«

»Ehrlich? Lass sehen!« Eine zweite Stimme, von etwas weiter hinten. Aha. Der struppige Braune ist ebenfalls ein Kater. Er sitzt auf einem der Fenstersimse und glotzt mich an. Jetzt hüpft er von dort herunter und kommt zu mir gestromert. Ich merke, wie mein Hals ganz trocken wird. Ob der mir was tun will? Was macht denn ein Kater, wenn er einem anderen Kater begegnet. Krrrrhhh! Winston, ganz ruhig bleiben! Ein echter Britisch Kurzhaar kennt keine Angst!

»Hallo, Kumpel!«, begrüßt mich der Braune nun betont lässig. »Das ist ja nett, dass du dich auch mal hier unten blicken lässt. Wir haben uns ehrlich gesagt schon gefragt, warum du nie das Haus verlässt. Ob du irgendwie krank bist, vielleicht gelähmt oder sonst wie nicht in Ordnung. Aber bis auf diese lächerliche Leine scheint ja alles chicco bei dir zu sein.«

Chicco? Hä? Versteh ich nicht. Der Braune schleicht einmal um mich rum. Kira beugt sich zu ihm hinunter und streichelt ihn am Rücken.

»Oh, guck mal, Winston! Da haben wir doch gleich einen Freund für dich gefunden! Wie schön!«

Na, ob das mit dem Freund so stimmt? Ich habe da meine Zweifel. Mr Chicco klingt irgendwie eher … unverschämt. Aber Kira kann als Mensch natürlich nicht verstehen, was der Braune zu mir gesagt hat. Ich räuspere mich, um das trockene Gefühl aus meinem Hals zu bekommen.

»Ähm. Gestatten, dass ich mich vorstelle? Winston. Eigentlich Winston Churchill. Und nein, ich bin nicht gelähmt. Mir gefällt es nur in meiner Wohnung ziemlich gut – warum sollte ich also in diesem dunklen Hof herumlaufen? So hübsch ist es hier auch wieder nicht.« Ha! Zack! Das hat hoffentlich gesessen. Der Struppige starrt mich an.

»Winston Churchill? Was ist das denn für ein beknackter Name?«

Wie bitte? Frechheit!

»Der Name liegt doch wohl auf der Hand. Ich bin ein reinrassiger Britisch Kurzhaar und Winston Churchill ist der berühmteste britische Premierminister aller Zeiten.«

»Premierwas? Kenn ich nicht. Na, ich heiße jedenfalls Karamell. Ganz einfach, kann man sich gut merken. Wie die Farbe meines Fells.«

»Angenehm.«

»Hä?«

»*Angenehm*. Das sagt man in meinen Kreisen so, wenn sich jemand vorstellt.«

»Du hast ja echt 'ne Schraube locker. *In deinen Kreisen*. Aber egal. Was mich viel mehr interessiert: Wieso tut die Kleine so, als wärst du ein Hund? Mit Leine spazieren gehen, das ist doch das Allerletzte. Oder wie seht ihr das?« Er dreht sich um und ich tue es ihm gleich. Tatsächlich ist der Getigerte näher gekommen und weiter hinten entdecke ich auch die Weiße. Sie ist offensichtlich eine Katze.

»He, Spike, hast du schon mal ’ne Katze an der Leine gesehen?« Der Getigerte, der offenbar Spike heißt, schüttelt den Kopf.

»Nee. Hab ich doch eben schon gesagt. Ich lach mich tot! Odette, was sagst du?«

Die weiße Katze schleicht näher an mich heran. Ich muss sagen, dass sie für eine Hofkatze einen unglaublich eleganten Gang hat. Fast wie eine Dame. Ach was. Sie *ist* eine Dame. Das verrät auch die aristokratische Art, in der sie den Kopf hält. Und, fleckiges Fell hin oder her: Odette ist ziemlich hübsch. Mir wird die ganze Sache hier langsam richtig peinlich. Vor mir sitzt eine schöne Frau und ich trage ein Glitzergummitwist als Katzenleine. MAUNZ!

»Britisch Kurzhaar?« Odette legt den Kopf schief und mustert mich. »Tja, ihr Rassekatzen seid eben nichts gewohnt. Wahrscheinlich trägt Winston eine Leine, weil er seine Wohnung nicht mehr finden würde, wenn er nur einmal die Straße überquert. Falls er dabei nicht sofort vom Auto überfahren werden würde. Total verweichlicht eben.«

Autsch! Die schöne Odette hält mich für ein Weichei. Das tut weh. Mit einem Mal habe ich wirklich überhaupt keine Lust mehr auf diesen blöden Ausflug. Mit einem Satz springe ich auf Kiras Arm und kralle mich in ihren Pullover.

»Aua, Winston! Was soll das denn? Spiel doch ein bisschen mit deinen neuen Freunden.«

Pah, das sind nicht meine Freunde! Ich will hier weg! Kira versucht, mich wieder auf den Boden zu setzen, aber ich kralle mich immer fester, bis sie schließlich aufgibt.

»Hm, was ist bloß los mit dir? Doch nicht so toll mit den anderen Katzen? Willst du wieder rein?« Ich schnurre. Genau. Ich will wieder rein. Kira seufzt.

»Okay, ich hab verstanden. Als Neuer hat man es echt nicht leicht, richtig? Ich weiß das. Habe nämlich gerade genau das gleiche Problem. Komm, wir kuscheln oben eine Runde!«

Erstens: eine ganz hervorragende Idee! Zweitens: Wieso hat Kira das gleiche Problem?

Von Menschen und Ziegen. Und menschlichen Ziegen.

»Also, am schlimmsten ist diese Leonie. Die ist so was von fies zu mir – einfach unglaublich! Eine totale Ziege!«

Kira und ich liegen auf dem Sofa im Wohnzimmer und erholen uns von dem anstrengenden Ausflug in den Hinterhof. Das heißt, *ich* erhole mich von dem Ausflug, während Kira mich wieder am Bauch krault und mir gleichzeitig von ihrer neuen Schule erzählt. So langsam verstehe ich, warum es auch Kira als Neue nicht leicht hat. Es liegt vor allem an dieser Leonie und daran, dass die eine Ziege ist. Wobei ich erstaunt war zu hören, dass Zweibeiner gleichzeitig Vierbeiner sein können. Also Mädchen auch Ziegen. Bisher dachte ich, Ziegen stehen nur auf irgendeiner Wiese, meckern und fressen Gras. Ist aber nicht so. Sie sitzen auch in der 7c des *Wilhelminen-Gymnasiums*, meckern und machen andere Mädchen fertig. Ätzend. Gegen die sind Karamell, Spike und Odette offenbar die reinsten Engel.

»Weißt du, die haben da alle viel mehr Geld als Mama und ich. Und deswegen die viel cooleren Klamotten. Nur

Hollister oder *Hilfiger*. Sieh mich mal an – ich habe nur *H&M* und so 'n Zeug.«

Aha. Sagt mir alles gar nichts. Aber warum sollte ich auch Ahnung von coolen Klamotten haben. Ich hab schließlich ein Fell. Das reicht. Es ist natürlich ein besonders schönes Fell, ganz dicht und schwarz. Aber eben ein Fell. Kein Bedarf also, mich in irgendwelche Kleidungsstücke zu hüllen, selbst wenn sie von Hollister wären. Was also ist das Tolle daran? Ich gebe Kira einen Stups, damit sie weitererzählt. Sie kichert.

»He, Winston, was soll das? Langweile ich dich?« Nein, ganz im Gegenteil! Ich finde diese Infos über die Menschen sehr interessant. Werner hat mir noch nie von solchen Problemen berichtet.

»Leonie ist leider ziemlich wichtig in der Klasse. Wer in ihrer Clique ist, gehört dazu. Und wer bei ihr unten durch ist, findet auch keine anderen Freunde. Oder nur solche, die völlig uncool sind und mit denen sonst keiner etwas zu tun haben will. Und so langsam habe ich Angst, dass ich bald bei den Uncoolen lande. Das wäre ganz schrecklich, dann wäre ich erledigt! Da könnte ich gleich zurück in meine alte Schule gehen und mich von Vadim fertigmachen lassen.« Sie seufzt so schwer, als ob ein riesiger Haufen Steine auf ihrer Brust läge. Die Arme! Leonie muss wirklich schlimm sein, wenn es Kira sogar lieber mit Vadim aufnehmen würde. »Ach Winston, wenn ich bloß wüsste, womit ich Leonie beeindrucken könnte!«

Miau! Mir fällt da auf Anhieb auch nichts ein. Wobei ich

in Sachen »Eindruck schinden« sowieso kein Experte bin. Ich schaffe es ja nicht mal, drei blöde Hofkatzen zu beeindrucken. Wenn ich nur daran denke, fühle ich mich schon wieder schlecht. Ist ja auch eine unglaubliche Geschichte: Winston Churchill, edler Rassekater, hockt mit einem Gummiband um den Hals im Hinterhof und lässt sich von drei Stromern dumm anreden. Grrrr, was für eine Schmach! Ich bin mir sicher, diese Odette lacht sich jetzt noch kringelig, wenn sie an mich denkt.

»Hm, ich kann sie nicht nach Hause einladen, denn das hier ist die Wohnung vom Professor. Und ich kann Mama nicht bitten, mich mit einem dicken Auto vor der Schule abzuliefern, denn wir haben keins. Nicht mal ein kleines. Ich habe leider überhaupt nichts Wertvolles, was ich mal mit in die Schule nehmen könnte.«

Hm. Etwas Wertvolles. Vielleicht könnte sie *mich* mitnehmen. Ich glaube, ich bin ziemlich wertvoll. Schließlich bin ich der Abkömmling zweier internationaler Champions. Meine Mutter war Bundessiegerin in ihrer Altersgruppe und Papa hat seine Leistungsschau mit Auszeichnung bestanden. Und ich finde, das sieht man mir auch an! Ein - eleganter Rassetyp – das beschreibt mich wohl am besten. Wobei ich einen kleinen Makel habe: grüne Augen. Die müssten laut Rassestandard eigentlich gelb sein, aber niemand ist vollkommen. Wertvoll bin ich trotzdem. Ich sollte Kira also davon überzeugen, mich in die Schule mitzunehmen. Leonie wäre bestimmt beeindruckt und Kiras Problem gelöst. Nur: Wie mache ich ihr das klar?

Kira seufzt noch einmal.

»Und Leonie ist nicht mein einziges Problem. Momentan ist echt alles Mist.«

Mist? Von den Ziegen? Da scheint ja eine ganze Herde unterwegs zu sein!

»Weißt du, Winston, mit Mama stimmt irgendetwas nicht. Wir haben doch diesen Ärger mit Vadim gehabt. Aber komischerweise ist Mama immer noch nicht froh, obwohl wir ihn doch endlich los sind. Nachts, wenn sie denkt, dass ich schon schlafe, heult sie heimlich in ihr Kissen. Ich glaube, sie hat wegen des Mistkerls richtig Stress mit der Polizei.«

Oje, das ist gar nicht gut! Ärger mit der Polizei klingt deutlich schlechter als Ärger mit Ziegen. Egal, ob mit vier- oder zweibeinigen! Ich kuschle mich enger an Kira. Körperkontakt ist schließlich immer gut in dieser bösen Welt! Kira streichelt über meinen Bauch und erzählt weiter:

»Mama will es zwar nicht zugeben, aber ich habe gesehen, dass sie neulich einen Brief von der Polizei erhalten hat. Sie muss auf das Präsidium kommen und dort Fragen beantworten.«

Kiras Stimme klingt nun ganz düster. Und auch ohne dass ich weiß, was genau ein Präsidium ist, ahne ich, dass es hier um richtig viel Ärger geht. Und zwar die Sorte Ärger, die sich auch nicht dadurch beheben lässt, dass man irgendwo mit einem dicken Auto hinfährt oder Klamotten von Herrn Hollister trägt.

In meinem Hals bildet sich ein Kloß. Als Kater bin ich eher ein Einzelgänger und hänge mein Herz nicht gleich an den erstbesten Zweibeiner – aber ich muss zugeben, dass ich Kira mittlerweile schon ganz schön gern mag und die Aussicht, dass sie in ernsthafte Schwierigkeiten geraten könnte, mir gerade überhaupt nicht gefällt. Wie kann ich ihr bloß helfen?

»Wenn mir Mama doch bloß erzählen würde, was das Problem ist! Dann könnten wir gemeinsam einen Schlachtplan entwerfen und vielleicht könnte uns sogar dein Herrchen, der Professor, helfen. Der ist doch so schlau, dem fällt bestimmt etwas ein. Aber leider will Mama wohl auf keinen Fall, dass Professor Hagedorn etwas von ihren Schwierigkeiten mitbekommt. Und ich soll auch nichts merken. Es ist echt zum Verzweifeln! Mein Leben gefällt mir gerade überhaupt nicht!« Wieder ein abgrundtiefer Seufzer.

Also nein – das darf auf keinen Fall so bleiben! Bei meinen langen Schnurrbarthaaren: Ich, Winston, werde dafür sorgen, dass Kira schon bald wieder ein glückliches Mädchen sein wird. Oder zumindest kein unglückliches mehr. Ich weiß zwar noch nicht, wie ich das anstellen kann. Aber irgendetwas wird mir schon einfallen. Schließlich bin ich ein Kater und einem Kater kommt immer eine gute Idee. Sonst hätte ich ja gleich ein Hund werden können!

Der erste Gedanke ist oft der beste. Ich beschließe deshalb, meine Idee, mich in Kiras Schule zu mogeln und dort die doofe Leonie zu beeindrucken, gleich am nächsten Tag in die Tat umzusetzen. An dem Ärger mit der Polizei kann ich als Kater vermutlich sowieso nichts ändern. An dem Ärger mit den Ziegen schon! Ich muss nur eine günstige Gelegenheit abpassen, um aus der Tür zu kommen, dann laufe ich einfach hinter Kira her. Kann so schwer eigentlich nicht sein.

Während ich mir in den letzten Wochen angewöhnt habe, mich wieder aufs Ohr zu hauen, sobald Kira im Bad verschwunden ist, springe ich an diesem Morgen aus meinem Körbchen und sause zur Wohnungstür. Vor dem Frühstück holt Anna nämlich immer die Zeitung von unten, und das ist meine Chance, unbemerkt aus der Wohnung zu kommen. Denn Anna lässt die Tür normalerweise einen Spalt offen. Mein Plan ist, dass ich mich im Flur verstecke und so lange warte, bis Kira die Wohnung verlässt. Das dürfte niemandem auffallen.

Tatsächlich achtet Anna überhaupt nicht auf mich, als sie die Tür öffnet und zum Zeitungskasten geht. Ich schleiche nach draußen und springe die Treppenstufen zum nächsten Stockwerk hoch. Hier warte ich, bis ich Kiras Schritte höre, sause hinter ihr her und erwische sie, kurz bevor sie die Haustür öffnet.

»He, Winston, was machst du denn hier?« Kira ist natürlich völlig überrascht, schickt mich aber nicht wieder in die Wohnung. Sehr gut! Teil eins meines Plans hat schon mal geklappt. Jetzt muss ich Kira nur noch klarmachen, dass ich sie begleiten will. Und zwar ohne Leine!

»Willst du wieder zu deinen neuen Freunden in den

Hof?« Ich fauche laut und deutlich und hoffe, dass das als klares Nein zu verstehen ist. Kira guckt mich ratlos an. »Willst du nicht? Hm, was willst du dann? Einfach spazieren gehen? Aber dafür habe ich jetzt leider keine Zeit. Ich muss in die Schule.« Genau! Ich auch! Ich versuche es mit einem lang gezogenen Schnurren. Kira schüttelt ungläubig den Kopf.

»Willst du etwa mit in die Schule?« Bingo! Hundert Punkte! Sehr schlaues Mädchen! Ich streiche ihr um die Beine und schnurre weiter. »Hm, ich glaube nicht, dass ich dich dahin mitnehmen darf. Das ist bestimmt gegen die Regeln.« Pah! Regeln sind etwas für Feiglinge – und nichts für Katzen! Wir müssen es der fiesen Leonie zeigen! Da können wir uns mit solchen Kleinigkeiten wie den Schulregeln nicht lange aufhalten.

Ich klebe mittlerweile förmlich an Kiras Beinen. Sie kichert, bückt sich und hebt mich hoch.

»Okay, Winston. Ich nehme dich mit. Aber du musst mir versprechen, dich eins a zu benehmen. Noch mehr Ärger kann ich momentan überhaupt nicht gebrauchen. Klar?«

Klar wie Kloßbrühe. Ich maunze laut.

»Gut. Dann komm mit!«

Hurra! Auf zu den Ziegen!

Ein seltsamer Ort namens Schule. Oder: Wie ich den halben Tag in einer Umhängetasche verbrachte.

Das Gebäude ist riesig. RIESIG. Also, ich dachte immer, unser Haus sei groß. Doch dieses hier übertrifft alles, was ich jemals gesehen habe. Gut, das ist nicht besonders viel, aber trotzdem! Wow! Ein gigantisches weißes Haus mit einer großen Eingangstür und einem Turm. Fast wie ein Schloss! Ich bin tief beeindruckt. Ob alle Schulen so aussehen? Irgendwie wird mir gerade ein bisschen unheimlich und ich muss mich sehr beherrschen, um mich nicht in Kiras Arme zu krallen.

Reiß dich zusammen, Winston!, fauche ich mir selbst zu. *Du willst hier schließlich ein paar Ziegen beeindrucken – als verschüchtertes Schmusekätzchen wird das kaum gehen! Also: Haltung annehmen!* Entschlossen straffe ich meinen Rücken und springe von Kiras Arm – direkt vor die Füße eines anderen Mädchens, das gleichzeitig mit uns ankommt.

»Morgen, Kira! Hast du etwa eine Katze mitgebracht?«

»Hallo, Emilia. Nein, das ist ein Hund.«

»Hä?« Das Mädchen guckt Kira völlig verständnislos an.

»Mann, Emilia: Das war ein Scherz. Natürlich ist das eine

Katze! Sieht man doch. Genau genommen ist Winston ein sehr edler Rassekater.«

Das Mädchen schüttelt seinen blondgelockten Kopf.

»Kira, man darf keine Tiere mit in die Schule nehmen. In Russland geht das vielleicht, aber hier sicher nicht!«

»Was weißt du schon von Russland!«, erwidert Kira sehr knapp, nimmt mich wieder auf den Arm und stapft die Stufen zur Eingangstür hoch. He, warum auf einmal so schlecht gelaunt? Eben hat Kira sogar noch fröhlich gesummt, jetzt kann ich ihren Ärger förmlich riechen. Versteh ich nicht. Aber vielleicht gehört diese Emilia auch zu den Ziegen und Kira kriegt schon Pickel, wenn sie Emilia nur sieht.

In der Schule sind unglaublich viele Kinder. Gut, das habe ich mir natürlich so vorgestellt, aber diese Horden dann tatsächlich zu sehen, ist etwas völlig anderes. Es ist unglaublich wuselig und vor allem: laut! Einen Moment lang fürchte ich, mir könnten meine sensiblen Öhrchen abfallen. Vielleicht war mein Ausflug doch keine so gute Idee?

Bevor ich noch länger darüber nachdenken kann, ertönt ein schriller Klingelton. Was das wohl bedeutet? Ist das ein Warnsignal? Falls ja, wovor? Kira presst mich etwas enger an sich.

»Komm, Winston, der Unterricht fängt gleich an!«

Sie kniet sich hin und holt ein paar Bücher aus ihrer Umhängetasche. Dann nimmt sie mich hoch, setzt mich in die entstandene Lücke und schließt die Tasche vorsichtig über meinem Kopf. He! Ich sehe nichts mehr! Und vor allem:

Man sieht mich nicht mehr! Wie soll ich denn so auch nur eine einzelne Ziege beeindrucken? Lautstark protestiere ich. Bellen kann ich zwar nicht, aber wenn ich anfange zu fauchen und zu jaulen, ist das auch nicht ohne. Kira öffnet die Tasche ein Stückchen und lugt hinein.

»Winston, du hast doch versprochen, dich zu benehmen! Also hör auf damit! Ich packe dich doch nur in meine Tasche, damit du nicht gleich rausfliegst. In der nächsten Pause hole ich dich wieder raus. Versprochen!«

Na gut. Sie wird es wissen. Schließlich verbringt sie jeden Tag hier. Ich höre auf zu jaulen und schließe die Augen. Offenbar ist Kira wieder aufgestanden und trägt mich eine Treppe hoch, jedenfalls schaukelt es nun ganz schön. So laut wie eben ist es auch nicht mehr – entweder die Kinder haben sich etwas beruhigt oder ich höre durch den Stoff der Tasche einfach nicht so gut.

Jetzt scheint Kira anzuhalten. Das Schaukeln hört auf und die Tasche wird auf dem Boden abgestellt. Ich glaube, dass Stühle gerückt werden. Dann klappt eine Tür.

»Guten Morgen, 7c!« Eindeutig die Stimme einer erwachsenen Frau. »Guten Morgen, Frau Wettstein!«, antwortet ein ganzer Chor.

»Setzt euch!« Wieder das Stühlerücken. Ein Stuhl scheint mir dabei sehr nahe zu kommen – jedenfalls kriege ich einen Schubs und die ganze Tasche wackelt. Hilfe! Hoffentlich passt Kira gut auf mich auf!

»Wir haben uns in der letzten Stunde mit der indirekten Rede und dem Konjunktiv beschäftigt. Kira, erklärst du uns bitte, wann wir den Konjunktiv 2 benutzen?« Kira räuspert sich. Sie ist nervös, das spüre ich genau.

»Den Konjunktiv 2 verwende ich, wenn ich mir etwas vorstelle oder wünsche, was zurzeit nicht möglich ist.«

»Sehr gut. Leonie, bildest du bitte ein Beispiel?«

Grrr, miau! Leonie! Das muss die Oberziege sein! Am liebsten würde ich jetzt aus der Tasche hüpfen und es der mal richtig zeigen! Aber weil ich mein heiliges Katzenehrenwort gegeben habe, mich zu benehmen, reiße ich mich zusammen und maunze nur kurz vor mich hin.

»Gern, Frau Wettstein. Hätte Kira Geld, zöge sie sich vernünftig an.« Die ganze Klasse bricht in schallendes Gelächter aus. Uahrgh! Was für eine Unverschämtheit! Und ich kann nicht eingreifen! Es ist zum Schwanzhaareausreißen!

»Pst, Kinder beruhigt euch!«, schimpft Frau Wettstein. Vergebens, denn die meisten Kinder lachen immer noch. Nur Kira bleibt ganz stumm. Es gibt einen Knall. Frau Wettstein scheint mit der Hand auf einen Tisch geschlagen zu haben. »Leonie Weichert, was soll das? So etwas will ich nicht noch einmal von dir hören! So behandelt man seine Mitschüler nicht!«

»Entschuldigen Sie, Frau Wettstein. Es war eben das erste Beispiel, was mir in den Sinn kam«, behauptet die fiese Leonie mit unschuldiger Stimme.

»Entschuldige dich nicht bei mir, sondern bei Kira!«, fordert die Lehrerin sie auf.

»Oh, entschuldige bitte, Kira. Es wird nicht wieder vorkommen.« Ihre Stimme verrät, dass das glatt gelogen ist.

Wenn ich in all den Jahren als Haustier etwas gelernt habe, dann ist es, auf die Stimmlage der Menschen zu achten. Denn leider meinen Menschen häufig nicht, was sie sagen. Oder sie sagen nicht, was sie meinen. Der Klang einer Stimme aber verrät fast immer ihre wahren Gedanken. Und mir verrät die Stimme von Leonie gerade, dass sie noch viel boshaftere Sachen mit Kira plant.

Der Rest der Schulstunde plätschert vor sich hin. Als ich gerade beginne einzudösen, ertönt die Klingel erneut. Ich hoffe, dass ich jetzt endlich aus der doofen Tasche darf! Und tatsächlich ruckelt es nun an der Seite und Kira öffnet mein Verlies.

»So, Winston. Jetzt haben wir gleich Biologie bei Herrn Prätorius. Der ist total nett, und ich habe mir auch schon eine super Geschichte ausgedacht, warum ich dich unbedingt mitbringen musste. Ist auf Dauer ja langweilig in der Tasche, oder?« Sie streichelt mir über den Kopf, öffnet die Tasche noch weiter und hebt mich heraus. Endlich, Freiheit! *Miau!*

»He, cool! Wo kommt die denn auf einmal her?« Ein - Junge mit einer riesigen Brille kniet sich neben Kira und mich.

»Das ist Winston. Er wohnt bei mir. Ich dachte, ich bringe ihn mal mit. Passt doch gut zum Thema, das wir gerade haben.«

»Hä? In Bio?«

»Klar, in Bio«, erklärt Kira im Brustton der Überzeugung. Der Junge kratzt sich am Kopf.

»Aber wir machen doch gerade wirbellose Tiere. Regenwürmer und so. Welche Gemeinsamkeit hat denn diese Katze mit einem Regenwurm? Versteh ich nicht.«

»Tja, Tom, warte es einfach ab. Du wirst es schon erfahren.«

»Was wird er erfahren?« Eine allzu bekannte Stimme mischt sich in das Gespräch der beiden. Leonie. Endlich sehe ich sie auch mal, anstatt nur zu hören, wie sie ihr Gift verspritzt. Sie ist ungefähr so groß wie Kira, mit etwas kürzeren, leicht gewellten Haaren. Als sie mich entdeckt, schnappt sie nach Luft.

»He, ist das deine Katze?« Kira nickt.

»Ja. Ist sie. Oder besser: er. Winston ist ein sehr edler Rassekater. Ich dachte, er könnte uns heute zeigen, dass es auch Wirbeltiere gibt, die sehr beweglich sind.«

»Edler Rassekater? Pfff, wo willst du den denn herhaben? Oder haste den geklaut?«

MAUNZ! Mit einem Riesensatz springe ich auf den Tisch, der neben Kira steht, und recke stolz meinen Kopf in die Luft. Von hier oben bemerke ich, dass der Raum, in dem wir uns befinden, recht groß ist und mit vielen kleineren Tischen und Stühlen ausgestattet. So schaut also ein Zimmer aus, in dem Kinder lesen und schreiben lernen. Interessant.

»Oh, hallo. Wo kommst du denn her?« Ein erwachsener Mann taucht in diesem Moment im Klassenzimmer auf.

»Äh, guten Morgen, Herr Prätorius«, stammelt Kira. »Das ist Winston. Ich habe ihn mal mitgebracht, um zu zeigen, dass nicht nur Regenwürmer sehr beweglich sind.« Sie lächelt scheu, der Mann grinst. Ich kenne mich mit Regenwürmern und Biologie nicht so gut aus, aber selbst für meine Katerohren klingt das wie eine ziemlich blöde Ausrede. Hoffentlich schluckt Herr Prätorius sie und ich darf hierbleiben. So richtig beeindruckt sieht Leonie nämlich noch nicht aus. Ich schätze, da muss ich noch ein wenig Gas geben.

»Tja, Kira, das ist zwar ein etwas sonderbarer Einfall, aber kein schlechter. Vielleicht habt ihr euch nach dem letzten Test wirklich mal eine Unterrichtsstunde mit lebendigem Anschauungsmaterial verdient.« *Anschauungsmaterial?* He, ich heiße Winston Churchill – ich bin doch kein Material! »Dann komm mal mit deiner Katze nach vorne, Kira!«

Kira krault mich hinter den Ohren und beugt sich über mich.

»Siehst du«, flüstert sie mir zu, »hab ich dir doch gesagt – der Prätorius ist wirklich total nett!« Sie geht mit mir nach vorn und setzt mich auf den Tisch, hinter dem ihr Lehrer steht.

»Danke, Kira. So, liebe 7c, nachdem wir uns in den letzten Stunden ja recht ausführlich mit wirbellosen Tieren beschäftigt haben, hat uns Kira heute ein Wirbeltier mitgebracht, nämlich ihre Katze. Ein schönes Exemplar. Kira, willst du uns etwas zu deinem kleinen Freund hier erzählen?« Kira nickt.

»Ja, also das ist Winston Churchill. Er ist ein Kater. Britisch Kurzhaar. Wie der Name schon sagt, kommt die Rasse aus England. Sie wird seit über hundert Jahren gezüchtet. Winston ist also sehr edel.«

»Nun gib mal nicht so an!«, ruft Leonie dazwischen.

»Genau!«, stimmt ihr das Mädchen zu, das wir heute Morgen schon getroffen haben. Emilia, oder wie die hieß. Gehört offenbar zu Leonies Fanclub. Jetzt mischt sich der Junge mit der Brille ein.

»Also, ich finde das sehr interessant. Ist doch toll, dass Winston hier ist. Ich mag Katzen!«

»Ja, Tom, ich auch«, stimmt ihm Herr Prätorius zu. »Und weil das so ist, frage ich euch: Weiß denn jemand, wie lange der Mensch schon Katzen als Haustiere hält?«

Schweigen. Nicht mal die oberschlaue Leonie sagt etwas.

»Der Mensch hält Katzen schon seit ungefähr zehntausend Jahren als Haustiere«, erklärt Prätorius. »Ganz schön lang, was?« Schätze, da hat er recht. Ich kenne mich zwar mit der menschlichen Zeit nicht so aus, aber zehntausend Jahre klingen ziemlich lang. Schätze, in zehntausend Jahren sitze ich längst auf einer Wolke im Katzenhimmel.

»Die ältesten Knochenfunde von den Vorfahren der Katzen sind sogar schon dreißig Millionen Jahre alt. Dein Winston hier hat also eine ganz schön alte Sippe. Steinalt gewissermaßen«, erzählt Prätorius weiter.

Ein Mädchen meldet sich.

»Dürfen wir Winston mal streicheln?«

»Oh ja, bitte, Kira – dürfen wir ihn mal streicheln?« Kira nickt.

»Klar, aber vielleicht einzeln und nacheinander. Nicht,

dass Winston noch Angst bekommt.« Sofort bildet sich eine Schlange von neugierigen Mädchen und Jungen. Hrrr, normalerweise ist das überhaupt nicht mein Fall, aber wenn es dazu führt, dass Kira hier neue Freunde findet, dann opfere ich mich gern. Und tatsächlich sieht Kira so aus, als wäre sie seit Beginn der Schulstunde um ein paar Zentimeter gewachsen. Sehr gut! Mein Plan geht auf! Geduldig bleibe ich also auf dem Tisch hocken, während mich ein fremdes Kind nach dem nächsten krault.

Auf einmal steht Leonie vor mir und streckt die Hand nach mir aus. Dabei ist mir ausgesprochen unwohl. Ich kann mir nicht vorstellen, dass sie mich einfach nur ganz lieb streicheln will. Zumal mir ein Blick in ihr Gesicht verrät, dass sie sich unglaublich über die viele Aufmerksamkeit ärgert, die Kira nun bekommt. Aber egal – soll sie mich eben auch streicheln. Was kann sie dabei schon Böses anstellen?

Kaum hat sie mich berührt, zieht Leonie auf einmal ihre Hand zurück, als hätte sie ein Stromschlag getroffen. Dann beginnt sie zu keuchen.

»Hilfe!«, krächzt sie dramatisch. »Hilfe! Ich bekomme keine Luft mehr!« Sie wankt einen Schritt zurück und lässt sich direkt in die Arme des völlig überraschten Herrn Prätorius fallen.

»Oh mein Gott! Schnell, Kira, pack deine Katze wieder ein!«, ruft er. »Ich fürchte, die arme Leonie hat einen allergischen Schock erlitten! Schnell!«

Kira braucht einen Moment, um sich aus der Schreckstarre zu lösen, dann packt sie mich und rennt mit mir zu ihrem Tisch. Keine zwei Sekunden später stecke ich völlig verdattert wieder in der dunklen Tasche.

Wer oder was auch immer ein allergischer Schock ist: Das Jucken in meiner Schwanzspitze verrät mir, dass es dieser Leonie nicht halb so schlecht geht, wie sie gerade behauptet. Und meine Schwanzspitze irrt sich nie!

Manchmal verändert ein Tag dein Leben. Und du merkst es erst gar nicht.

Als wir wieder zu Hause ankommen, parkt ein Polizeiwagen vor der Tür. Himmel, ja! Vielleicht war es nicht die beste Idee, Kira in die Schule zu begleiten. Aber deswegen gleich mit der Polizei hier anzurücken, erscheint mir nun doch ein wenig übertrieben. Schließlich haben wir gar nichts gemacht. Und wenn die blöde Leonie nicht eine so ausgezeichnete Schauspielerin wäre, wäre mein erster Schultag ganz entspannt zu Ende gegangen. Stattdessen hatte ich das zweifelhafte Vergnügen, auch gleich die Direktorin des *Wilhelminen-Gymnasiums* kennenzulernen. Frau Rosenblatt. Aber während ihr Name so zart und blumig klingt, ist sie in Wirklichkeit eine Frau der klaren Ansage. Und die lautete in unserem Fall: keine Haustiere in der Schule! Ich glaube, wenn Herr Prätorius nicht einfach behauptet hätte, dass Kira seine Erlaubnis für die Aktion hatte – es hätte ein echtes Donnerwetter im Direktorenzimmer gegeben. So war es lediglich eine steife Brise, die uns hier entgegenwehte. Nicht schön, aber verkraftbar.

Dachte ich jedenfalls. Nun aber steht hier die Polizei.

Mist. Was machen wir da bloß? Ob mich Kira besser wieder in ihrer Tasche verstecken sollte? Im Fernsehen nimmt die Polizei häufiger mal Menschen mit und sperrt sie in eine Zelle. Ob die das mit Katzen auch so machen? Oder bringen die mich dann direkt ins Tierheim? Ich merke, wie mein Herz rast. Bloß nicht ins Tierheim! Dort gibt es bestimmt kein so schönes Fleckchen wie mein Wohnzimmersofa!

Allerdings wohnen wir nicht allein in der Hochallee. Vielleicht wollen die gar nicht zu uns. Sondern zu Frau von Basewitz im Stockwerk über uns. Falls sie *die* mitnehmen, würde es mich nicht weiter stören. Die alte Basewitz mag keine Katzen im Allgemeinen und mich im Besonderen nicht. Behauptet immer, schwarze Katzen würden Unglück bringen und dass es auch etwas damit zu tun hätte, ob ich von links nach rechts durch den Flur laufe – oder von rechts nach links. Völlig gaga also, die Alte. Die könnte die Polizei ruhig mal ein bisschen einsperren. Ich weiß, es ist gemein, aber dieser Gedanke beruhigt mich etwas und so trabe ich wieder halbwegs entspannt neben Kira die Treppen zu unserer Wohnung hoch.

Kurz bevor wir an der Wohnungstür ankommen, öffnet sich diese von allein und heraus kommen: MIAU! Zwei Polizisten! Vor Schreck springe ich auf Kiras Arm. Wahrscheinlich ist das nicht besonders klug, denn hier sehen die mich natürlich sofort, aber ich kann nicht anders. Auch Kira scheint sich beim Anblick der Männer erschreckt zu haben. Ich kann hören, dass ihr Herz fast so schnell schlägt wie meins.

»Guten Tag!«, begrüßen sie die beiden Männer. Wahrscheinlich werden sie Kira nun bitten, ihnen ohne Gegenwehr den Kater, also mich, auszuhändigen. Und dann: Ade, du meine schöne Heimat! Ich kralle mich vorsorglich schon mal in Kiras Pullover.

»Hallo«, erwidert Kira. »Suchen Sie etwa mich?«

»Nein, wir suchen deine Katze!«

AAAHH! Ich hab's gewusst! Hilfe! Sie werden mich verhaften wegen gefährlichen Eingriffs in eine Schulstunde. Ich werde mein geliebtes Sofa nie wiedersehen! In diesem Moment brechen beide Polizisten in Gelächter aus. Was, bitte, ist daran komisch? Der größere der beiden Männer hört schließlich auf zu lachen und räuspert sich.

»Nein, nein. Kleiner Scherz. Wir suchen niemanden. Wir hatten nur ein paar Fragen an Frau Kovalenko.«

Kira zuckt zusammen.

»Oh, das ist meine Mutter!« Die Polizisten zögern kurz, als wollten sie dazu etwas sagen, lassen es dann aber und verabschieden sich stattdessen. Ein sehr seltsamer Auftritt.

Anna steht im Wohnungsflur und wartet schon auf uns.

»Kira! Da bist du ja! Ich hatte eben einen Anruf aus deiner Schule. Erfreulich war der nicht gerade! Wie kommst du auf die verrückte Idee, Winston mit in deine Klasse zu schleppen?«

»Aber Mama, so war das gar nicht«, verteidigt sich Kira. »Winston wollte unbedingt mitkommen.«

Anna schnaubt empört.

»Sag mal, du hältst mich wohl für blöd, oder? Es war nicht

deine Idee, sondern die einer Katze? Ein Mädchen ist ernsthaft krank geworden. Ich kann nur hoffen, dass da nicht noch eine Menge Ärger auf uns zukommt. Das ist das Letzte, was ich gerade brauchen kann.« Jetzt ist es an Kira zu schnauben.

»Ich glaube, die doofe Leonie ist gar nicht krank. Die hat nur so getan, um mich zu ärgern. Alle anderen fanden Winston toll! Es war eine klasse Aktion!«

»Was deine Mitschüler finden, interessiert mich nicht. Mich interessiert nur, was deine Direktorin findet, und die war alles andere als begeistert von der Aktion.« Annas Stimme bebt. Sie ist richtig wütend.

»Na klar, meine Mitschüler sind dir egal. Kümmert dich ja nicht, ob ich an der neuen Schule Freunde finde. Hauptsache, du hast deine Ruhe. Meine Probleme interessieren dich nicht.« Bei den letzten Worten fängt Kira an zu weinen. Ich fühle mich mit einem Mal sehr, sehr schlecht. Es war ja tatsächlich meine Idee.

»Das stimmt doch gar nicht, Schatz. Wenn es ein Problem gibt, kannst du es mir erzählen – das weißt du ganz genau. Wir vertrauen uns gegenseitig, schon vergessen?«

»Nein, hab ich nicht. Aber ich glaube, du hast es vergessen. Oder warum erzählst du mir nicht von deinem Ärger mit der Polizei?« Anna zuckt zusammen.

»Das ist nichts, was ein Kind etwas angeht.«

»Ach, auf einmal bin ich wieder das kleine Mädchen, was? Du bist so … so … du bist so ÄTZEND!« Mit diesen Worten macht Kira auf dem Absatz kehrt und rennt wieder aus der Wohnung. Bevor sie die Tür zuschlagen kann, renne ich hinterher. Ich habe den Mist hier verbockt, ich halte jetzt zu ihr! Ehrensache! Auch wenn ich momentan keine Idee habe, wo Kira überhaupt hinwill.

Sie weiß es anscheinend selbst nicht. Unten auf der Straße steht sie jedenfalls erst einmal unschlüssig herum und starrt mal auf den Boden, mal in die Luft. So geht es eine ganze Zeit lang, bis ich beschließe, selbst die Initiative zu ergreifen. Sonst stehen wir womöglich noch morgen hier. Ich fauche lautstark. *Hallo, Erde an Kira! Bist du da irgendwo?*

»Oh, Mist, Winston, ich weiß nicht, was ich jetzt machen soll. Wieder nach oben gehen will ich nicht, aber ich habe keine Ahnung, wohin ich sonst könnte. Ich kenne mich in der Gegend noch gar nicht aus und Freunde habe ich hier auch keine. Was für ein doofer Tag!«

Da hat sie vollkommen recht. Der Tag ist bisher richtig doof, und hier wie angenagelt stehen zu bleiben, ist sogar noch doofer. Ich trabe Richtung Hinterhof. Heute ist schon so viel schiefgegangen, da können wir auch gleich meine unfreundlichen Kollegen wieder besuchen. Vielleicht bringt das Kira auf andere Gedanken. Schließlich mag sie Katzen. Und schlimmer wird der Tag schon nicht werden. Kann er ja gar nicht.

Kann er doch. Denn schlimmer geht's immer: Ich bin noch nicht bei den Mülltonnen angekommen, da stellt sich mir schon der dicke Tiger namens Spike in den Weg.

»Hallöchen, Popöchen! Der Herr Stubenkater gibt sich die Ehre!« Er grinst von einem Ohr zum anderen. Oder besser: Er würde garantiert so grinsen, wenn es ihm als Katze möglich wäre. Das höre ich seinem spöttischen Tonfall genau an. »Ich dachte, wir sehen dich hier nie wieder.«

»Wie kommst du darauf?«, gebe ich mich möglichst selbstbewusst.

»Tja, ich weiß gar nicht, wie ich darauf gekommen bin. Moment, lass mich überlegen. Hm, vielleicht, weil wir nicht in deine besseren Kreise passen? Oder nein, das war es nicht. Jetzt hab ich's: Ich dachte, du findest den Hof hier gar nicht wieder. So ohne deine Leine. Das war ja wirklich ein sehr schönes Teil. Und so glitzerig!« Er prustet los.

Haha, sehr witzig.

»Natürlich finde ich den Hof. Ich sehe ihn schließlich jeden Tag von meinem Fenster aus«, erwidere ich genervt.

»Wie auch immer. Für den Notfall hast du ja wieder dein Frauchen dabei. Bist du sicher, dass du kein Hund bist?«

Grrrr, so eine bodenlose Unverschämtheit! Zu gern würde ich Spike jetzt mit einer unglaublich geistreichen Antwort abservieren – aber leider fällt mir keine ein. Wo ist nur meine Schlagfertigkeit, wenn ich sie brauche? In der Zwischenzeit ist auch Odette herangestromert. Großartig. Das wird mein neues Hobby: in Anwesenheit einer hübschen Katze dumm aus der Wäsche gucken.

»Ach, schau an: der Premierminister. Wenn das kein hoher Besuch ist! Und nun schon zum zweiten Mal innerhalb weniger Tage. Toll!«

»Hallo, Odette. Wollte nur checken, was bei euch gerade so abgeht«, versuche ich es betont lässig. Odette legt den Kopf schief.

»*Checken, so abgeht ...*??? Wo hast du denn den Spruch her? Der passt ja nun gar nicht zu so einem steifen Typen wie dir. Willst wohl einen auf locker machen. Pffff, wie uncool!«

Warum in aller Welt ist die eigentlich so verdammt unfreundlich zu mir? Und warum in aller Welt macht mir das so viel aus? Könnte mir doch egal sein, was diese dahergelaufene Hofkatze von mir denkt. Ist es mir aber leider nicht. Im Gegenteil. Odettes Spott versetzt mir einen sehr schmerzhaften Stich in der Brust. Betreten schaue ich zu Boden. Mein Versuch, hier als ganz entspannter Gentleman-Kater aufzutrumpfen, ist gründlich in die Hose gegangen.

»He, ich wollte nur mal gucken, wie es euch so geht!«, verteidige ich meinen Besuch. »Ich meine, wir sind schließlich Nachbarn, da wird man doch noch vorbeikommen dürfen.«

Odette mustert mich kritisch.

»Ja? Wird man? Hat dich doch bisher auch nicht interessiert, wie es uns hier geht. Ich sehe dich immer an eurem Fenster sitzen und auf uns hinabschauen. Und das meine ich jetzt nicht nur wörtlich. Nee, nee – ich weiß doch, wie du über uns denkst. Ich habe es an deinem Blick gesehen. Du hältst dich für etwas Besseres, nur weil du mit deinem Professor da oben wohnst und ihr sogar ’ne Köchin habt, die dir deine Extrawurst brät.«

Jetzt bin ich baff. Woher weiß Odette das? Offenbar sieht sie mir meine Überraschung an, denn sie legt sofort nach.

»Jetzt verrat ich dir mal was: Deine feine Olga hat nicht nur für euch gekocht. Nein, immer wenn etwas übrig geblieben ist, kam sie in den Hof und hat uns auch etwas gegeben. Sehr lecker! Am besten schmeckte mir immer Geflügelleber mit Petersilie. Einfach ein Traum.«

Bitte? Olga hat MEINE Geflügelleber an die Kollegen im Hof verfüttert?

»Da bist du platt, richtig? Und stell dir vor, was sie immer gesagt hat, wenn sie kam. Sie sagte, dass es ihr viel mehr Spaß machen würde, für uns zu kochen, als für dich. Weil wir das Essen nämlich zu schätzen wissen, während du total verwöhnt bist!«

Ich fasse es nicht – so hat Olga über mich gesprochen? Der Stich in meiner Brust ist jetzt hundertmal schlimmer als der, den ich vorhin gespürt habe. Nein, genau genommen tut mir nicht nur die Brust weh, sondern alles. Ich taumle zur Seite, als ob mich ein heftiger Schlag getroffen hätte. Aber Odette macht unbarmherzig weiter.

»Auf so einen überkandidelten, arroganten Kater wie dich habe ich hier garantiert nicht gewartet. Am besten, du verziehst dich wieder.«

Ich nehme all meine Kraft zusammen, um Odette möglichst fest in die Augen zu blicken. Es fällt mir schwer, aber es muss sein.

»Hatte sowieso nicht vor, länger zu bleiben. Irgendwie ziemlich schlechte Luft hier. Tschüss.« Dann drehe ich mich um und laufe hoch erhobenen Hauptes weiter.

»Warte doch mal, Winston! Wo willst du denn auf einmal so schnell hin?« Kira folgt mir. Sie hat natürlich überhaupt nicht mitbekommen, dass mir gerade etwas Furchtbares zugestoßen ist. Ich maunze mitleiderregend und sie bückt sich zu mir.

»Du Armer, stimmt etwas nicht? Du siehst ja auf einmal furchtbar aus!« Sie krault mich am Hals und ihre Streicheleinheiten tun mir sehr gut. Blöde Olga. Du bist nicht der einzig nette Mensch auf der Welt. Suche ich mir eben einen anderen Zweibeiner zum Kuscheln. Genau genommen *bist* du nicht mal nett gewesen. Hat sich gerade gezeigt. Verräterin!

»Heute ist nicht so unser Tag, was? Ich schlage vor, wir erkunden jetzt mal gemeinsam das Viertel und machen das Beste daraus. Vielleicht finden wir eine Eisdiele. Und wenn wir an einem Fischgeschäft vorbeikommen, kriegst du einen riesigen Hering. Versprochen!«

Okay, der Plan klingt nicht so schlecht. Und Kira hat natürlich völlig recht: Man muss versuchen, auch aus so einem verkorksten Tag noch etwas zu machen. Wenn dabei ein großer Hering für mich rausspringt – umso besser!

Kira schaut sich kurz um und geht dann mit entschlossenen Schritten die Straße hinunter. Ob sie dort das Fischgeschäft vermutet? Neugierig und schon deutlich besser - gelaunt, trabe ich hinter ihr her. Irgendwie macht Spazierengehen mit einem Menschen doch Spaß. Vor allem, wenn ich dabei keine Leine tragen muss.

Die neugewonnene Freude an dem Tag währt allerdings

nicht lang. Denn kaum sind wir einen Moment unterwegs, bekomme ich einen Wassertropfen auf die Nase. Nanu, was ist das?

»Och nee, jetzt fängt es auch noch an zu regnen! So ein Mist!«, schimpft Kira vor sich hin. Ach so, das ist also Regen. Interessant. Aber auch unpraktisch. Wasser von oben – da werden wir ja nass! Das mag ich als Kater nun überhaupt nicht.

Der Regen wird immer stärker. In der Ferne fängt es an zu donnern. Am liebsten würde ich sofort umdrehen und nach Hause laufen. Leider weiß ich nicht genau, wo unser Zuhause überhaupt liegt. Ich fürchte, Spike hatte recht: Mein Orientierungssinn ist nicht der beste.

»Komm, Winston, wir müssen uns was zum Unterstellen suchen!«, ruft Kira und rennt los. Ich renne hinterher. Mittlerweile schüttet es wie aus Eimern, und ich merke, wie mein Fell langsam durchweicht.

»Da vorn! Das Baustellenhäuschen. Komm!« Kira hat eine kleine Hütte entdeckt. Sie steht auf einem Platz mit riesigen Fahrzeugen und einer Grube und ist an der Vorderseite offen. Wir können uns also ohne Probleme unter ihr Dach stellen, was wir auch tun. Ich schaue mich um und nehme neben mir eine große runde Spule wahr, auf die hell glänzendes Kabel gewickelt ist. Was mag das sein? Gesehen habe ich so etwas noch nie. Das Ding hat in etwa die Höhe einer Parkbank, weswegen sich Kira einfach obendrauf setzt. Dann nimmt sie mich auf den Schoß. Klitschnass, zitternd und frierend hocken wir dort und warten, dass der Regen aufhört. Leider tut er das nicht. Stattdessen kommt das Donnern immer näher.

Sagte ich vorhin, der Tag sei doof? Ich korrigiere mich. Er ist *entsetzlich*. Erst der Ärger in der Schule, dann das Desaster mit Odette. Und jetzt der Regen. Ich wünschte, ich wäre nicht hier. Ach was: Ich wünschte, ich wäre jemand anderes. Irgendjemand anderes. Hauptsache nicht mehr Winston Churchill, wohnhaft bei Professor Hagedorn.

Kira fährt mir mit den Händen durch mein nasses Fell. »Winston, ich bin wirklich froh, dass es dich gibt«, seufzt sie, während sie mich weiterkrault. »Ich meine, ohne dich hätte ich überhaupt keinen Freund. Du hast es ja heute in der Schule erlebt – die sind da echt gemein zu mir. Ach, manchmal wünschte ich, ich wäre jemand anderes. Irgendjemand. Hauptsache nicht mehr Kira Kovalenko.«

In diesem Moment leuchtet direkt über uns ein unglaublich grelles Licht auf. Dann trifft mich ein Schlag. Und zwar so unvermittelt und gewaltig, dass ich erst gar nicht begreife, wo der überhaupt herkommt. Er hebt Kira und mich regelrecht in die Luft und schüttelt uns von Kopf bis Fuß durch. Dann schleudert er uns zu Boden. Es tost und donnert, die Erde bebt. Dann ist es wieder dunkel. Stockdunkel. Und ganz still.

Bin ich jetzt tot?

Sachen gibt's, die gibt's gar nicht. Oder etwa doch?

Nein. Ich bin nicht tot. Aber irgendetwas ist trotzdem anders. Sehr anders. Als ich die Augen wieder aufschlage, sieht die Welt um mich herum völlig verändert aus. Sie ist so … farbig! Genau: Sie ist auf einmal richtig bunt. Es scheint, als seien ein paar Farben dazugekommen, die vorher nicht da waren. Außerdem sieht alles schärfer aus. Ich erkenne auf einmal Details, die mir noch nie aufgefallen sind. Direkt neben mir auf dem Boden krabbelt ein kleiner Käfer. Er hat eine Farbe, die mir völlig neu ist, und viele kleine schwarze Punkte auf seinem Rücken. Unglaublich. Was ist bloß passiert?

Ich rappele mich hoch und schüttele mich. Das heißt: Ich will mich schütteln, aber weil ich dabei anfange, ganz furchtbar zu schwanken, höre ich sofort wieder damit auf. Es ist, als habe ich meinen Körper nicht mehr im Griff. Und wenn ich mich jetzt umsehe, weiß ich auch, warum: Ich bin plötzlich wahnsinnig groß. Also, ich meine: lang. Mein Kopf muss auf einmal hoch über der Erde schweben – ein schwindelerregendes Gefühl! Zu *schwindelerregend* passt übrigens auch, dass ich rasende Kopfschmerzen habe. Ich will maunzen, aber mein Maul verlässt ein Laut, der mich erschaudern lässt: Ich habe gerade eindeutig »Aua« gesagt. Aua. A-U-A. Ein Wort. Ein menschliches Wort. Seit wann kann ich sprechen?

Direkt unter mir höre ich ein sehr klägliches Miauen. Ich schaue hinunter und sehe eine schwarze Katze, die lang gestreckt neben der Spule liegt und sich hin und her windet. Die schwarze Katze kommt mir auf eine seltsame Art und Weise sehr bekannt vor. Sie sieht aus wie … ich schaue noch einmal genau hin … tatsächlich: Sie sieht aus wie ich! Und zwar haargenau! Auf dem Boden vor mir liegt Winston Churchill. Kein Zweifel! Ein kalter Schauer jagt über meinen Rücken. Langsam dämmert mir, dass der Schlag von vorhin etwas ganz gewaltig durcheinandergebracht haben muss. Wenn dort unten Winston liegt, bin ich dann etwa …? Aber nein, das kann doch nicht sein! Das darf doch nicht sein!

Ich nehme all meinen Mut zusammen und schaue vorsichtig an mir hinunter. Tatsächlich. Blaue Jeans. Knöchelhohe Turnschuhe, deren Farbe ich erst jetzt so richtig bemerke. Sehr knallig. Das muss wohl Pink sein. Ich kenne diese Schuhe. Sie gehören Kira. Nun hebe ich mein linkes Vorderbein und betrachte meine Pfote. Fehlanzeige. Dort wo eben noch eine Pfote war, befindet sich jetzt eine Hand. Heilige Ölsardine! Ich habe mich in einen Menschen verwandelt! Und zwar nicht in irgendeinen, sondern in Kira!

»Winston, was ist hier los? Was ist passiert?«

Kira. Eindeutig Kiras Stimme. Aber wo kommt die her? Ich bin doch Kira und ich habe nichts gesagt. Ich bin nämlich immer noch sprachlos.

»He, Winston – kannst du mich hören?«

Da das einzige Lebewesen in meiner Nähe die Katze zu meinen Füßen ist, muss sie es wohl sein, die mit mir spricht. Also gewissermaßen spricht Winston mit mir. Winston spricht mit Winston. Was für ein unglaublicher Schlamassel! Mein Schädel brummt noch lauter. Ich sollte wohl besser antworten, aber die Vorstellung, nun zu sprechen, macht mir Angst. *Nur Mut!*, versuche ich mich selbst zu beruhigen und räuspere mich.

»Äh, ich, äh – ich bin hier oben.«

Die Katze guckt erstaunt zu mir hoch.

»Bist du das, Winston?«, höre ich sie sagen.

Tatsächlich. Ich kann sie eindeutig hören und es klingt wie Kiras Stimme. Allerdings hat die Katze weder miaut noch etwas gesagt. Offenbar höre ich ihre Stimme in meinem Kopf! Das ist echt zu viel für mich, zumal wenn ich auf zwei Beinen stehen muss. Ich setze mich auf den Boden.

»Hast du etwas gesagt?«, will ich dann von der Katze, die wie Winston aussieht, wissen. »Also, ich meine, so richtig etwas gesagt?«

Die Katze rückt näher an mich heran und mustert mich.

»Keine Ahnung, ich bin so durcheinander. Rede ich denn? Es fühlt sich nicht so an. Ich … ich … ich glaube, ich *denke* eher.«

Genau. Das ist es. Ich höre Kiras Stimme in meinem Kopf,

weil ich ihre Gedanken höre. Um Himmels willen! Großer Katzengott, wenn es dich gibt: Was hast du uns denn da eingebrockt und vor allem: warum?!

Ob das auch umgekehrt funktioniert? Ich schaue die Katze an und denke: *Kannst du mich jetzt auch hören?*

»Ja, so kann ich dich auch hören«, kommt die Antwort prompt. Faszinierend. Ich kann mich mit der Katze, die wie Winston aussieht und wie Kira klingt, in Gedanken unterhalten. Gehen wir der Sache also mal auf den Grund.

»Wer bist du?«, will ich von der Katze wissen, obwohl ich mir die Antwort eigentlich schon denken kann.

»Ich glaube, ich bin Kira. Allerdings habe ich gerade festgestellt, dass ich nicht mehr aussehe wie Kira. Sondern wie Winston.«

»Hm, geht mir genauso. Na ja, eigentlich umgekehrt: Also, ich bin Winston, sehe aber aus wie Kira.«

»Das ist ja verrückt! Haben wir etwa getauscht?«

Ich nicke.

»Sieht ganz so aus.«

»Warum bloß?«

»Keine Ahnung. Aber es hat bestimmt etwas mit diesem grellen Licht zu tun und dem Schlag, der uns getroffen hat«, mutmaße ich.

»Du meinst den Blitz?«, will Kira, die jetzt im alten Winston steckt, von mir wissen.

»War das ein Blitz?«

»Ich glaub schon. Wir sind doch in ein Gewitter geraten. Das grelle Licht, der heftige Schlag: Ich würde sagen, wir sind vom Blitz getroffen worden. Es ist ein Wunder, dass wir das überlebt haben.«

Vermutlich hat sie recht. Es ist ein Wunder. Allerdings habe ich es leider nicht in meinem alten Körper überlebt. Das begreife ich immer noch nicht. Wie ist das nur möglich?

»Vielleicht hat es ja mit meinem Wunsch zu tun«, denkt Kira nach.

»Hä? Welcher Wunsch?«

»Na ja, kurz bevor der Blitz eingeschlagen hat, habe ich mir gewünscht, jemand anders zu sein.«

»Stimmt«, erinnere ich mich. »Das hast du auch gesagt. Und interessanterweise habe ich kurz vorher genau das Gleiche gedacht.«

Wir seufzen. Und zwar gleichzeitig.

»Tja«, stellt Kira fest, »dann ist uns wohl ein Wunsch erfüllt worden und wir haben miteinander getauscht. Jetzt bin ich du und du bist ich. Kira ist Winston und Winston ist Kira. Oh Mann, was für ein Chaos!«

Da hat sie ganz recht. Bei meinem Schnurrbart, den ich nun nicht mehr habe: so ein verfluchter Mist!

Als wir wieder in der Hochallee ankommen, bin ich schweißgebadet. Ich hätte nie gedacht, dass das Laufen auf zwei Beinen so anstrengend ist. Sobald ich nicht genau schaue, wo ich hinwill, beginne ich schon zu schlingern –

ich kann mit meiner neuen Körpergröße noch nichts anfangen. Zum Glück sind weder Anna noch Werner da, als wir heimkehren. Wir bieten bestimmt einen sehr merkwürdigen Anblick, und das Letzte, was ich jetzt brauche, sind neugierige Fragen von Menschen, mit denen ich dann reden müsste.

Auch Kira ist mit ihrer neuen Gestalt alles andere als zufrieden. In der Wohnung angekommen, lässt sie sich in mein Körbchen fallen und streckt alle viere von sich.

»Winston, dieser Tausch ist eine Katastrophe! Wir müssen unbedingt wieder zurücktauschen! So schnell wie möglich – ehrlich! Ich kann doch nicht den Rest meines Lebens eine Katze bleiben!«

»Tja, ich wäre auch gern so schnell wie möglich wieder ein Vierbeiner«, stimme ich ihr zu. »Nur – wie wollen wir das machen? Ich habe das ungute Gefühl, dass das nicht so einfach wird.«

»Vielleicht müssen wir noch mal vom Blitz getroffen werden und uns dann wünschen, dass alles wieder beim Alten ist?«, schlägt Kira vor. Ich schüttle den Kopf.

»Uns noch mal vom Blitz treffen lassen? Geht denn das so einfach? Und überhaupt: Wir wissen doch gar nicht, wie das wirklich passiert ist. Ob es an dem Blitzschlag lag – keine Ahnung. Oder hast du schon mal irgendwo von Leuten gehört, die vom Blitz getroffen wurden und dann jemand anders sind?«

Kira schlägt mit dem Schwanz hin und her und maunzt unglücklich.

»Nein, habe ich nicht. Und wenn mir vorher jemand erzählt hätte, dass so etwas möglich ist, hätte ich ihn für verrückt erklärt.«

»Na siehst du. Was uns passiert ist, ist also offenbar nicht normal. Und ich glaube, bevor wir nicht herausgefunden haben, warum wir nun im falschen Körper stecken, haben wir keine Chance, wieder rauszukommen.«

Kira gibt seltsame Schnaufgeräusche von sich.

»He, alles in Ordnung?«, will ich wissen.

»Nein, überhaupt nicht! Ich würde am liebsten heulen – und selbst das kann ich als Katze nicht! Es ist einfach furchtbar!«

Ich fürchte, Kira hat recht. Es ist wirklich furchtbar. Und es wird bestimmt noch viel furchtbarer, wenn ich mich das erste Mal mit Anna unterhalten muss und sie denkt, dass ich Kira bin. Was sage ich dann bloß zu ihr? Was sagen Zwölfjährige so zu ihren Müttern? Okay, ich habe die beiden jetzt ein paarmal zusammen erlebt – als Experte würde ich mich deswegen noch lange nicht bezeichnen. Einen Streit, wie ihn die beiden heute Mittag hatten, stehe ich mit Sicherheit noch nicht auf zwei Beinen durch. Jedenfalls nicht, ohne zwischendurch umzufallen. Oje! Insgeheim hoffe ich sehr darauf, morgen früh wach zu werden und festzustellen, dass alles nur ein böser Traum war.

Mein Leben als Mädchen. Oder: Aller Anfang ist schwer …

»Guten Morgen, mein Schatz! Draußen ist zwar scheußliches Wetter, aber ich fürchte, du musst trotzdem aufstehen! Dafür habe ich dir etwas besonders Leckeres zum Frühstück gemacht.«

Nein. Es war leider kein böser Traum. Vor mir im Halbdunkeln steht Anna und rüttelt sanft an meiner Bettdecke. Ich murmle etwas, das hoffentlich wie »Guten Morgen, Mama« klingt, setze mich auf und reibe mir die Augen. Da haben wir den Heringssalat! Ich bin immer noch ein Mensch!

Anna setzt sich auf die Bettkante neben mich.

»Na, wollen wir uns nicht wieder vertragen?«

Ich nicke stumm. Vertragen ist eine gute Idee. Vor allem für jemanden wie mich, der sich noch nie mit seiner Mutter gestritten hat.

»Dann also wieder Frieden, okay?« Anna zieht mich zu sich und drückt mir einen Kuss auf die Wange – ein wirklich komisches Gefühl, ihre Lippen direkt auf meiner Haut zu spüren. Zum einen hat mich noch nie ein Mensch geküsst und zum anderen trage ich normalerweise schließlich ein Fell!

Anna steht auf und geht aus dem Zimmer. Als sie aus der Tür ist, kommt Kira hineingeschlichen.

»Morgen, Winston. Ich hatte so gehofft, dass alles nur ein böser Traum war. Aber wie es aussieht, bin ich tatsächlich noch ein Kater.« Sie springt zu mir aufs Bett und legt ihren Kopf auf meinen Schoß.

»Tja, geht mir genauso. Meine Begeisterung, heute noch ein Mädchen zu sein, hält sich auch sehr in Grenzen.«

Kira schnurrt und in Gedanken höre ich sie kichern.

»Was ist denn daran so lustig?«, will ich von ihr wissen.

»Och, nichts.«

»Glaub ich dir nicht. Also was?«

»Na ja, du redest wie ein Erwachsener. So geschwollen. Hast du das als Kater auch schon gemacht?«

»Äh, weiß nicht. Ich habe als Kater ja gar nicht mit Menschen geredet. Aber – ja, was du jetzt hörst, ist eben die Art und Weise, wie ich sonst denke.«

Kira dreht sich auf den Rücken und mustert mich.

»Klingt auf alle Fälle ziemlich uncool. Also, pass bloß auf, dass du in der Schule meinen Ruf nicht völlig ruinierst. Der ist eh schon nicht der beste.«

»Moment mal: wieso *Schule*?«

»Na, du glaubst doch nicht etwa, dass Mama dich zu Hause bleiben lässt?«

»Äh, aber ich will da nicht hin!« Jetzt kichert Kira nicht, sondern lacht. Eindeutig.

»Tja, Pech gehabt. Ob man in die Schule geht, kann man sich leider nicht aussuchen. Man *muss*, sonst gibt's Ärger. Und zwar zuallererst mit meiner Mama. Die nimmt das Thema nämlich sehr ernst. Also, wenn du nicht gerade Schüttelfrost und Fieber hast oder deinen Kopf unter dem Arm spazieren trägst, hast du keine Chance hierzubleiben.«

Oh nein. Das sind richtig schlechte Nachrichten. Ich in der Schule – mit lauter fremden Kindern! Ein echter Albtraum! Stöhnend lasse ich mich wieder ins Bett sinken.

»Kira, steh schon auf! Du kommst zu spät!«, tönt Annas Stimme über den Flur. Sie klingt tatsächlich sehr entschlossen. Und wenn ich einfach behaupte, krank zu sein?

»Äh, mir geht's nicht so gut!«, krächze ich möglichst schwächlich und schließe die Augen. Sofort höre ich Annas Schritte auf dem Weg zu mir. Im Zimmer angekommen, legt sie ihre Hand auf meine Stirn.

»Fieber hast du eindeutig nicht. Komm, eine schöne Tasse Tee, dann bist du wieder fit! Vielleicht gehst du heute einfach mal früher ins Bett, dann bist du morgens auch wacher. Auf, auf, meine Dame! Ich möchte nicht, dass du in der neuen Schule einen schlechten Eindruck hinterlässt.«

Es ist genau, wie Kira gesagt hat: Wenn es um die Schule geht, scheint Anna keinen Spaß zu verstehen. Als sie wieder verschwunden ist, winde ich mich aus dem Bett und wanke zur Tür. Heilige Ölsardine – Laufen auf zwei Beinen ist wirklich schwierig!

»Ich kann nicht in deine Schule gehen. Das überleb ich nicht.«

»Quatsch. So schlimm ist es auch wieder nicht«, versucht mich Kira zu trösten.

»Aber dann musst du mitkommen. Ohne dich bin ich dort völlig aufgeschmissen«, flehe ich Kira an. Die schüttelt nur kurz den Kopf.

»Geht leider nicht. Hast du vergessen, welchen Ärger ich gestern deinetwegen bekommen hab? Wenn ich – äh, also du – jetzt noch mal mit einer Katze aufkreuzt, ist der Ofen endgültig aus.« Stimmt wahrscheinlich. Ich stöhne gequält.

»Was mache ich zuerst?«, denke ich laut nach.

»Na, du musst dich waschen und anziehen«, erklärt Kira. Stimmt. Gute Idee! Ich strecke meine Arme nach vorn, schlage die Nachthemdärmel zurück und beginne, meine Hände abzuschlecken.

»*Miau!* Doch nicht so! Du musst ins Badezimmer gehen und Wasser benutzen!«

Igitt! Wasser? Zum Waschen? Eine grauenhafte Vorstellung! Aber stimmt ... wo ich so darüber nachdenke: Werner macht das auch immer. Grundgütiger Katzenschnurrbart: Ich habe noch nicht einmal gefrühstückt und schon zwei sehr unangenehme Dinge über das Menschsein gelernt: Kinder müssen zur Schule gehen und gewaschen wird der Mensch mit Wasser. Wenn das so weitergeht, bin ich lange vor dem Mittagessen erledigt!

Ich taumle ins Badezimmer, Kira folgt mir.

»So, jetzt als Erstes Zähneputzen! Mit der Zahnbürste!«, erklärt sie.

Ratlos schaue ich mich im Badezimmer um. Wie könnte

wohl eine Zahnbürste aussehen? Ich greife nach etwas, das mich stark an meine Fellbürste erinnert – ungefähr gleich groß und mit Metallborsten. Ob ich mir damit die Zähne putzen kann?

»Falsch!«, kommt es sofort von Kira. »Das ist eine Haarbürste. Meine Zahnbürste steht da drüben in dem Becher. Sie ist lila.« Lila. Aha. Wie mag lila aussehen? Als Katze bin ich kein Fachmann, wenn es um das Unterscheiden von Farben geht. Ich seufze und greife nach einer der kleinen Minibürsten mit dem langen Stil, die sich in dem Becher auf der Ablage befinden. Es scheint die richtige zu sein, jedenfalls protestiert Kira nicht. Dann stecke ich mir das Teil in den Mund und kaue darauf herum. So mache ich es auch immer mit den Zahnpflege-Leckerlis, die Olga extra für mich gekauft hat. Leider ist die Bürste steinhart und schmeckt überhaupt nicht. Ich lege sie wieder ins Waschbecken.

»Nee, Winston! Du musst natürlich erst mal Zahncreme auf die Bürste tun und dann die Zähne damit abschrubben. Sonst bringt das nichts.« Mit einem Satz landet Kira auf der Ablage neben dem Waschbecken und schlägt mit der Pfote nach etwas, das wohl die Zahncreme sein muss. Ich nehme die Tube, schraube sie auf und drücke den Inhalt auf die Bürste.

»Kira! Gib mal Gas!« Anna steht vor der Badezimmertür und wundert sich anscheinend schon, warum das heute so lange dauert. Ich merke, wie es auf meiner Stirn plötzlich nass wird. Ihhhh … was ist das? Etwa Schweiß? Dieses Phänomen habe ich schon mal bei Werner beobachtet. Letztes

Jahr im Hochsommer. Aber jetzt ist es eigentlich gar nicht heiß … Ob der Schweiß mit dem ganzen Stress hier zusammenhängt? Wahrscheinlich! Warum haben es die Zweibeiner auch immer so verflucht eilig?

»Ich komme gleich!«, wiegle ich ab. Dann schnappe ich mir die Zahnbürste und schrubbe drauflos, was das Zeug hält. Uah, was für ein komisches Gefühl! Es schmeckt äußerst gewöhnungsbedürftig und nun bildet sich auch noch Schaum vor meinem Mund.

Ich betrachte mich im Spiegel. An diesen Anblick werde ich mich bestimmt nicht gewöhnen: Winston als Mensch. Allerdings scheinen Kira und ich die gleiche Augenfarbe zu haben. Zumindest kommt mir das Grün, was mir hier aus dem Spiegel entgegenblickt, sehr vertraut vor. Es ist immerhin eine Farbe, die ich auch als Kater ganz gut erkennen konnte. Irgendwie beruhigt mich das ein bisschen.

»He, Kira, du hast ja auch grüne Augen. Das war mir bisher gar nicht so klar. Aber anscheinend kann ich als Mensch Farben deutlich besser voneinander unterscheiden.«

Kira miaut erstaunt.

»Grüne Augen? Das gibt's ja gar nicht!«

»Wieso?«

»Na, ich habe eigentlich gar keine grünen Augen. Sondern blaue.« Kira hüpft auf meine Schulter und starrt in den Spiegel. In diesem Moment sehe ich es auch: Kater Winston hat auf einmal blaue Augen. Und ich als Kira grüne. Wir haben also nicht nur unser Wesen, sondern auch unsere Augenfarbe getauscht!

»Auweia!«, maunzt Kira. »Wenn das meine Mutter sieht – die flippt garantiert völlig aus und denkt, das hätte ich extra gemacht. Mit Kontaktlinsen oder so. Und dabei ist sie schon echt sauer, wenn ich mich mal schminken will. Also, das darf sie nicht mitkriegen, sonst gibt's Ärger, verstanden?«

Äh, ich hab's gehört. Verstanden habe ich es allerdings nicht. Wie soll ich denn verhindern, dass mir Anna in die Augen schaut? Kira scheint mir meine Zweifel anzumerken.

»Da musst du dir eben etwas einfallen lassen. Wir hatten gestern sowieso ziemlich Stress. Wenn du also so tust, als wärst du immer noch beleidigt, und ihr aus dem Weg gehst, wird sie das nicht wundern. Mach ich meistens so. Ist ja nur für kurze Zeit. Bestimmt tauschen wir bald zurück.«

Kiras Optimismus in allen Ehren – aber das mit dem Zurücktauschen scheint mir noch keine klare Sache zu sein.

»Wieso bist du dir da so sicher? Ich habe nicht die geringste Idee, wie wir das bewerkstelligen könnten.«

Kira seufzt.

»Uns wird schon irgendetwas einfallen. Vorher müssen wir nur verhindern, dass Mama davon Wind bekommt und Stress macht. Es wird nämlich garantiert schwieriger, eine Lösung zu finden, wenn sie uns erst mal auf Schritt und Tritt folgt. Das siehst du doch auch so, oder?«

Ich nicke langsam. Gut, das leuchtet natürlich ein. Trotzdem: Anna aus dem Weg zu gehen, wird nicht so einfach werden. Wenn ich das in den letzten Wochen richtig beobachtet habe, passt sie immer ziemlich gut auf ihre Tochter auf.

Es klopft wieder an die Badezimmertür.

»Kira, was ist denn heute los mit dir?«

»Ich komm sofort!« Bei meinem Fressnapf, ich werde noch irre hier! »Also gut, ich geh da gleich raus. Aber ich garantiere für nichts! Ich weiß nicht, was es heißt, ein Mensch zu sein. Trotzdem werde ich mir Mühe geben!« Noch mal tief durchatmen, dann öffne ich die Tür und verlasse das Bad. Anna steht im Flur und guckt vorwurfsvoll.

»Da bin ich schon!«, murmle ich und blicke dabei zu Boden.

»*Schon* ist gut! Los, zieh dich schnell an, sonst schaffst du es nicht mehr!«

Zehn Minuten später sitze ich mit Anna am Frühstückstisch und versuche, so lässig wie möglich mein Brötchen zu essen. Erschwert wird das Ganze dadurch, dass mich Anna unablässig anstarrt. Ich räuspere mich schließlich.

»Stimmt was nicht, Mama?« Also, an meiner Kleidung kann es eindeutig nicht liegen. Die Auswahl hat Kira getroffen, indem sie in meinem – oder besser: ihrem – Kleiderschrank herumgesprungen ist und die passenden Teile auf den Boden geworfen hat. Dabei ist ihr sogar eine richtig gute Idee wegen der falschen Augenfarbe gekommen.

Anna mustert mich weiterhin durchdringend.

»Nein, es ist alles in Ordnung. Ich frage mich nur, warum in aller Welt du hier in der Wohnung morgens um halb acht eine Sonnenbrille zum Frühstück trägst.«

In der Höhle des Löwen. Nee, falsch: In der Schule von Kira!

Mir ist unwohl. Sehr unwohl. Fand ich Kiras Schule gestern noch beeindruckend, kommt sie mir heute angsteinflößend vor. Außerdem fürchte ich, jede Sekunde als Kater enttarnt zu werden.

Während ich noch darüber nachgrüble, wie ich aus dieser Nummer wieder heil herauskomme, trifft mich auf einmal ein fester Schlag auf den Rücken, genau zwischen meine Schulterblätter. Aua, ein Anschlag!

»Morgen, Kira!«, ruft eine Stimme hinter mir fröhlich. Ich drehe mich um. Es ist der Junge mit der großen Brille. Tom – glaube ich jedenfalls, denn Namen kann ich mir nicht sonderlich gut merken. Der war eigentlich ganz nett. Aber warum haut der mir so einfach auf die Schultern? Macht man das bei den Menschen so?

»Also, deine Show mit der Katze, eins a! Und als Leonie dann aus den Latschen gekippt ist: Weltklasse! Wobei ich der Schnepfe im Leben nicht abnehme, dass sie wirklich keine Luft mehr bekommen hat. Die wollte sich doch nur wieder in den Mittelpunkt stellen.«

»Äh …« Mehr fällt mir dazu nicht ein. Nicht besonders intelligent, das gebe ich zu. Der gütige Katzengott will es, dass in diesem Moment wieder die Klingel ertönt. Tom erwartet keine Antwort mehr von mir, sondern hastet die Treppen zum Eingang hoch. Ich laufe einfach hinter ihm her – ich glaube nicht, dass ich mein Klassenzimmer selbst finden würde.

Kurz darauf stehen wir in dem Raum, den ich schon von gestern kenne. Aber wo ist mein Platz? Das konnte ich aus Kiras Schultasche heraus natürlich nicht erkennen. Oder gibt es gar keine festen Plätze und man setzt sich einfach irgendwohin? Mist, ich hätte besser aufpassen sollen, als ich mit Kira hier war – aber wer konnte auch ahnen, dass ich in solch eine Situation geraten würde?

»He, du stehst im Weg.« Natürlich. Leonie. Unfreundlich wie bei unserer letzten Begegnung. Eigentlich habe ich ganz wenig Lust, mich von dieser Rotzgöre blöd anreden zu lassen.

»Ah, du bist wieder genesen. Hervorragend. Ganz hervorragend. Ich schlage vor, du zeigst mir mal kurz, wo ich sitze. Es ist mir in der Sorge um deine Gesundheit tatsächlich vorübergehend entfallen.« Leonie starrt mich an, als hätte ich zwei Köpfe.

»Was?«

Ich seufze.

»Erstens: Das heißt *Wie bitte!*. Und zweitens: Wo? Sitze? Ich?«

»Äh, da drüben, neben Emilia«, stottert Leonie, zeigt auf

den Platz neben der Blondgelockten, die ich schon kenne, und verschwindet ganz schnell. Okay. Deutliche und klare Ansagen wirken bei der dummen Pute. Gut zu wissen! Ein Mädchen, das direkt neben mir steht, pfeift.

»Cool, der hast du's aber gegeben. Geschieht ihr recht. Die ist so eine blöde Kuh.« Sehr schön. Es ist ganz beruhigend, jemanden kennenzulernen, der meine Abneigung in Sachen Leonie teilt. »Hätte ich dir übrigens gar nicht zugetraut. Ich dachte, du wärst so schüchtern.«

»Danke, äh …«

»Pauli, also eigentlich Paula, aber so nennen mich nur die Lehrer«, stellt sich das Mädchen vor und lächelt mich aufmunternd an. Sie sieht völlig anders aus als die übrigen Schüler hier. Irgendwie … wilder! Ihre Haare stehen vom Kopf ab und ihre Augen sehen aus, als hätte sie das Mädchen mit schwarzem Filzstift umrandet. Außerdem hat sie ziemliche Löcher in ihrer Hose und trägt ein Shirt, das ihr viel zu groß ist. All das macht aber nicht den Eindruck, als hätte sie heute früh im Kleiderschrank danebengegriffen, sondern vielmehr, als sei der seltsame Aufzug Absicht. Fragt sich nur: warum?

»Pauli, richtig«, tue ich so, als hätte ich ihren Namen schon mal gehört. »Das ist nett von dir.«

»Keine Ursache. Sind ganz schön viele Namen, wenn man neu ist. Da fühlt man sich wie der erste Mensch, richtig?« Pauli grinst, ich nicke. Wenn die wüsste, wie recht sie mit ihrer Bemerkung hat!

»Ja, ich glaube, es dauert noch ein bisschen, bis ich alle

Namen kenne.« In diesem Moment habe ich eine Idee: Pauli scheint in Ordnung zu sein, vielleicht kann sie mir ein bisschen helfen? »Auch bei den Lehrern hapert es bei mir noch – bei wem haben wir denn gleich Unterricht?«

»Bei Frau Schiffer. Englisch.«

Ach du grüne Neune! Wenn ich mich nicht täusche, ist Englisch eine andere Sprache als die, in der sich alle Menschen, die ich kenne, unterhalten. Und eine völlig andere Sprache als die, die ich verstehe. Das kann ja heiter werden – hoffentlich fragt mich Frau Schiffer nichts.

Und da kommt sie auch schon durch die Tür geweht: eine zarte Gestalt, ganz in Schwarz, die Haare zu einem strengen Knoten gedreht. Mit schnellen Schritten läuft sie zum Lehrerpult und knallt ihre Tasche auf den Stuhl dahinter. Ich mag mich täuschen, aber auf den ersten Blick wirkt Frau Schiffer sehr ungemütlich. Sie zieht einen Stapel Hefte aus ihrer Tasche und legt ihn auf das Pult, dann guckt sie mit ernster Miene in unsere Runde.

»Guten Morgen!«

»Guten Morgen, Frau Schiffer!«, antworten meine Mitschüler im Chor. Mir hat es gerade die Sprache verschlagen.

»Setzt euch.«

Stühlerücken, Gemurmel, alle setzen sich.

»Ich habe euch heute eure Englischarbeit mitgebracht. Und ich muss leider sagen: Sie ist miserabel ausgefallen.« Ein Stöhnen und Seufzen geht durch die Klasse. »Allerdings gibt es eine Ausnahme. Ihr wisst, dass ich normalerweise keine einzelnen Noten bekannt gebe. In diesem Fall weiche ich aber von meiner Regel ab. Zum einen, weil diese Arbeit wirklich ganz besonders gut ist. Zum anderen, weil sie eine Schülerin geschrieben hat, die erst seit Kurzem auf diese Schule geht. Ich schließe daraus, dass es mit den Englischkenntnissen dieser Klasse nicht weit her ist. Wir müssen uns hier also alle viel mehr Mühe geben. Und wenn ich *alle* sage, dann meine ich auch *alle*. Also sowohl euch als auch mich.«

Frau Schiffer nimmt eines der Hefte und kommt damit in meine Richtung, dann bleibt sie vor mir stehen. »Kira, das hast du wirklich sehr gut gemacht. Von deinem Englisch können sich hier alle eine Scheibe abschneiden!«

»Oh, danke!«, stottere ich und hoffe, dass sie nicht gleich anfängt, mit mir Englisch zu reden. Dann wäre ich nach höchstens einer Minute enttarnt. Es sei denn, ich kann in Kiras Gestalt nicht nur sprechen, sondern auch alle anderen Sachen, die ein zwölfjähriges Mädchen so draufhat. Also Lesen und Schreiben. UND Englisch. Auf einen Versuch möchte ich es in diesem Augenblick aber nicht ankommen lassen!

»Du hast ja schon erzählt, dass deine Mutter Lehrerin ist. Wahrscheinlich unterrichtet sie auch Englisch, nicht wahr?«

»Was, meine Mutter? Nein, die ist keine Lehrerin. Die ist Haushälterin bei Professor Hagedorn«, plappere ich ohne nachzudenken los.

»Ach wirklich? Haushälterin?« Frau Schiffer schaut mich ganz erstaunt an. »Na ja, da habe ich dich wohl falsch verstanden.«

Emilia fängt an zu kichern.

»Hihi, Kiras Mutter ist Putzfrau!«

In diesem Moment wird mir klar, dass ich einen Fehler gemacht habe. Verdammt! Offenbar hat Kira etwas ganz anderes über Anna erzählt. Ich verstehe zwar nicht, warum – aber ich hätte einfach die Klappe halten sollen. Emilia kichert immer noch und natürlich lacht mittlerweile auch die fiese Leonie. Frau Schiffer schnappt nach Luft.

»Ruhe, ihr beiden! Ihr habt nun wirklich keinen Grund für übertrieben gute Laune. Du, Emilia, hast eine Fünf plus. Und mit einer Vier minus bist du, Leonie, auch nicht viel besser. Also, anstatt euch über Mitschüler lustig zu machen, solltet ihr lieber Vokabeln lernen. Da hätten wir alle mehr von.«

Leonie sagt dazu nichts, Emilia zischt mir etwas ins Ohr. Hört sich an wie »Streber«. Was meint sie damit? Besonders nett klingt es jedenfalls nicht.

Den Rest der Stunde behandelt mich Emilia wie Luft. Schätze mal, die brauche ich nicht um Rat zu fragen, wenn ich hier in der Schule nicht weiterweiß. Ich kenne mich zwar mit menschlichen Freundschaften noch nicht so aus, aber dass Emilia nicht Kiras Freundin ist, habe selbst ich dummer Kater schon gemerkt. Ob Freunde für Menschen wohl wichtig sind? Als Winston bin ich Einzelgänger und fühle mich sehr wohl dabei – wenn ich nicht gerade Spike, Karamell und Odette über den Weg laufe. Aber vielleicht sind Menschen anders gestrickt.

Der Klingelton reißt mich aus meinen Gedanken über Menschen und Freundschaften. Die meisten meiner Mitschüler stehen auf und laufen in der Klasse herum. Anscheinend ist hier Schluss. Oder zumindest Pause. Auch gut. - Soeben habe ich meine erste Schulstunde einigermaßen unfallfrei über die Bühne gebracht. Bis auf den Fehltritt mit der Putzfrau. Und so schlimm wird der schon nicht sein.

»WAS? Du hast gesagt, dass meine Mutter eine Putzfrau ist? Bist du völlig WAHNSINNIG?«

»Na ja, also, das mit der Putzfrau hat Emilia gesagt. Ich habe nur erzählt, dass Anna unsere Haushälterin ist. Also, die von Professor Hagedorn.«

Kira stößt einen kläglichen Schrei aus und lässt sich zur Seite kippen.

»Erledigt. Ich bin völlig erledigt. Endgültig fix und fertig. Da brauch ich gar nicht mehr hingehen.«

»Ich finde, du übertreibst. Erstens wusste ich nicht, dass du erzählt hast, deine Mutter sei Lehrerin. Und zweitens ist Haushälterin doch ein sehr ehrenhafter Beruf. Vor allem ein sehr wichtiger. Ich würde sogar sagen: der wichtigste. Gleich hinter Physikprofessor.«

Ein heiseres Fauchen.

»Du hast doch gar keine Ahnung. Die anderen Eltern sind alle Rechtsanwälte oder Zahnärzte. Oder haben eine Werbeagentur. Lehrerin ist das Mindeste, womit man da aufkreuzen muss. Und es war nicht mal gelogen: Schließlich *war* Mama in Russland Lehrerin. Aber du musstest ihnen unbedingt erzählen, dass meine Mutter Putzfrau ist. Ich würde sagen, damit bin ich eindeutig das uncoolste Mädchen der ganzen Klasse. Die Clique von Leonie kann ich jetzt endgültig abhaken. Vielen Dank, Winston!«

Okay, ich gebe zu, ich habe mich nicht besonders geschickt verhalten. Aber dass es nun so ein Drama ist, Annas wahre Arbeit zu verraten, will ich trotzdem nicht einsehen.

»Aber ... aber ... was willst du überhaupt mit der Clique von Leonie? Du hast doch selbst gesagt, dass sie total doof ist. Und dabei gibt es in deiner Klasse auch richtig nette Leute. Zwei habe ich schon kennengelernt: Pauli und Tom. Mach doch lieber etwas mit denen.«

MAUNZ. Kira windet sich hin und her.

»*Pauli und Tom?* Du spinnst wohl komplett. Pauli ist eine Punkerin, die völlig verrückt ist, und Tom ein Computer-Nerd, der sich lieber mit seinem Laptop als mit einem Menschen unterhält. Man merkt, dass du überhaupt keine Ahnung hast. Das sind die beiden Klassenspinner, die du dir da ausgesucht hast. Wenn du jetzt auch noch mit denen rumhängst, will garantiert niemand von den anderen mehr mit mir befreundet sein. Abgesehen davon ist Toms Vater auch Arzt. Ob Tom also so scharf auf die Freundschaft mit der Tochter einer Putze ist, weiß ich nicht.«

Ach, dieses Freundschaftsding nervt mich. Das ist eindeutig zu hoch für ein Mädchen, das eigentlich ein Kater ist. Ich bin dringend für einen Themenwechsel!

»Wie war eigentlich dein Tag?«, denke ich deshalb in Richtung Kira.

»Oh, der war gut. Sogar ziemlich gut. Ich glaube, ich bin

Mamas Geheimnis auf der Spur. Dafür ist meine neue Gestalt *sehr* praktisch. Wer glaubt schon, von einer Katze beschattet zu werden?«

»Wie meinst du das? Was heißt *beschattet*?«

»Na ja, ich konnte mich heute mal so richtig gründlich in Mamas Sachen umsehen, ohne dass sie etwas gemerkt hat. Und dabei habe ich eine ausgedruckte E-Mail von Vadim gefunden, die sehr interessant ist. Ich glaube, er versucht, Mama zu erpressen. Er will nämlich unbedingt, dass sie wieder zu ihm zurückkommt. Und mit irgendetwas hat er sie in der Hand. Ich weiß nur noch nicht, was das sein könnte. Aber das finde ich schon noch heraus.«

»Moment: Heißt das, du konntest die E-Mail lesen?«

»Klar. Warum auch nicht?«

»Na, weil ich gar nicht lesen kann. Und du bist doch quasi ich.«

»Also, ich hatte keine Probleme damit. Ich glaube, ich sehe in der Nähe nur nicht ganz so scharf wie sonst. In der Ferne dafür etwas besser. Kannst *du* denn jetzt nicht lesen? Ich meine, immerhin kannst du sprechen, wenn du ich bist.«

Ich zucke mit den Schultern.

»Keine Ahnung. Ich habe es noch nicht ausprobiert. Bevor es heute in der Schule brenzlig werden konnte, habe ich behauptet, ich hätte Kopfschmerzen, und bin gegangen. War mir zu gefährlich.«

»Tja, aber das ist keine Dauerlösung. Solange du in meinem Körper steckst, musst du zur Schule gehen. Und wenn ich deinetwegen schon keine Freunde mehr habe, will ich wenigstens nicht sitzen bleiben. Da müssten wir uns dann etwas anderes einfallen lassen. Aber zuerst müssen wir mal rausfinden, was du als Mensch alles kannst. Moment, bin gleich wieder da.«

Kira rappelt sich auf und springt dann mit einem eleganten Satz auf die kleine Anrichte im Gästezimmer. Kurz darauf steht sie mit einem Blatt Papier im Maul neben mir.

»Hier, die E-Mail. Versuch mal!«

Ich nehme das Blatt und starre darauf. Vor meinen Augen entstehen aus den einzelnen Kringeln plötzlich Muster. Und aus den Mustern formen sich Sätze:

Geliebte Anna,
warum hast du mich verlassen? Du weißt, wie sehr ich dich liebe. Ich habe immer alles für dich und dein Kind getan. Bitte überlege es dir noch einmal. Wenn du stur bleibst, muss ich leider bei meiner Geschichte bleiben. Dann wirst du wohl bald Besuch von den Bullen bekommen – falls die nicht sogar schon da waren …

Ich lasse das Blatt sinken. Unglaublich! *Unglaublich* erstens: Ich kann tatsächlich lesen! Und *unglaublich* zweitens: Anna scheint wirklich in Riesenschwierigkeiten zu stecken! Wir müssen ihr helfen!

Erst Kater, dann Mädchen, dann Agent. Was passiert noch alles? Ach ja, Odette wird ertappt …

Fassen wir mal zusammen: Ich kann sprechen. Ich kann lesen. Und ich kann auch schreiben – haben wir gerade getestet. Ich kann Englisch, das große und das kleine Einmaleins. Und, jetzt kommt der Knaller: Ich kann sogar Russisch. Zumindest verstehe ich es. Um es kurz zu machen: Ich bin Super-Winston! Ich bin der schlauste Kater des Universums! Ich bin Weltklasse!

Das Blöde ist nur, dass ich meine Freude mit niemandem teilen kann, denn Kira ist gerade mit ganz anderen Sachen beschäftigt. Sie überlegt nämlich fieberhaft, wie wir das Geheimnis ihrer Mutter lüften und Vadim endgültig loswerden könnten. Jetzt, wo wir wissen, was ich alles kann, ist Kira davon überzeugt, dass wir das perfekte Ermittlerteam sind. Finde ich natürlich auch! Ermittlerteam – das hört sich großartig an! Wenn Kira mir jetzt noch erklärt, was das Wort bedeutet, bin ich dabei!

»Sag mal, dieses Ermittlerteam – was macht das eigentlich?«, schicke ich also meine Frage in Gedanken an Kira.

»Ganz einfach«, kommt die Antwort zurück, »das löst unseren Fall! Wir ergänzen uns nämlich super, Winston: Ich kann unauffällig alle Beweisstücke sichten, du kannst die Zeugen befragen. Und zwischendurch tauschen wir unsere Ermittlungsergebnisse aus, und dann wissen wir schon bald, womit Vadim meine Mutter erpresst.«

»Okay, so weit kann ich folgen. Aber was machen wir denn, wenn wir es wissen? Was ist, wenn deine Mutter wirklich was verbrochen hat?«

»Also echt!«, faucht Kira. »Natürlich hat Mama gar nichts verbrochen! Jede Wette, Vadim behauptet das nur! Wenn wir aber die Wahrheit kennen, können wir ihn als echten Bösewicht überführen. Ganz so, wie es die Polizei machen würde. Oder Geheimagenten. Ist doch sonnenklar, oder?«

Geheimagenten? Sofort muss ich an einen Film denken, den ich mit Werner zusammen geguckt habe. Da gab es auch einen Agenten. An den Namen kann ich mich nicht mehr erinnern, aber der Typ hatte irgendeine Nummer. 006 oder 7 oder so. Weiß nicht, ob das seine Telefonnummer war oder seine Klasse in der Agentenschule oder vielleicht seine Schuhgröße. Auf jeden Fall war der so, wie ich als Mensch auch gern wäre: sehr elegant und schlau, irgendwie witzig. Und egal, wie gefährlich es wurde, der hatte immer einen lässigen Spruch auf den Lippen. Alle Frauen haben ihn bewundert – ein Klassetyp. Tja, so könnte ich als Mensch auch sein – wenn ich nicht blöderweise im Körper eines zwölfjährigen Mädchens stecken würde. Aber man kann es sich eben nicht aussuchen … Der Gedanke, nun ein Agent zu sein, gefällt mir trotzdem.

Apropos *alle Frauen haben ihn bewundert* – was mich tatsächlich brennend interessiert: Kann ich mich mit Odette noch unterhalten? Oder habe ich diese Fähigkeit beim Körpertausch verloren? Das muss ich glatt mal testen, denn mit der Dame habe ich noch ein Hühnchen zu rupfen. Ich beschließe, diese Frage sofort zu klären. Ein klarer Vorteil, wenn man ein Mensch ist: Man kann einfach die Wohnung verlassen und gehen, wohin man will. Enorm praktisch.

Ich sehe mich im Hof um. Von den Katzen keine Spur. Hm. Wie ruft man als Mensch eine Katze? Ich versuche es mit dem Klassiker.

»Miez, miez, miez!«

Keine Reaktion. Gut, ich selbst würde natürlich auch nicht gleich losrennen, nur weil irgendein Kind im Hof steht und ruft. Oder haben sie es vielleicht nicht gehört? Ich probiere es noch mal lauter.

»Miez, miez, MIEZ!!!«

Immer noch nichts. Die drei sind wie vom Erdboden verschluckt. Einen Moment stehe ich ratlos herum, dann kommt mir eine Spitzenidee. Wie heißt es so schön? Mit Speck fängt man Mäuse. Und mit Geflügelleber bestimmt Katzen. Vor allem, wenn die drei es gewohnt sind, mit MEINEM Fressen gefüttert zu werden. Wenn ich mich nicht täusche, hat Anna gerade eine Portion Geflügelleber frisch gekocht …

Kurze Zeit später kehre ich mit einem Blechnapf voll leckerem Futter in den Hof zurück. Diesmal rufe ich nicht, sondern stelle den Napf einfach an die Stelle, wo ich die drei das letzte Mal getroffen habe. Dann gehe ich zum Mülltonnenunterstand, schwinge mich darauf und warte.

Tatsächlich dauert es nicht lange, da kommt Spike angeschlichen, dicht gefolgt von Karamell. Nur von Odette ist nichts zu sehen. Die beiden sind so gierig, dass sie mich nicht mal bemerken. Hastig schlingen sie das Futter hinunter. Ich höre genau hin, um zu verstehen, was sie sagen. Bei so einer leckeren Verpflegung müssten sie doch in Begeisterungsstürme ausbrechen! Aber ich höre gar nichts, nur Maunzen.

Langsam dämmert es mir: Ich kann die beiden nicht verstehen. Diese Erkenntnis trifft mich wie ein Schlag. Ich, Winston Churchill, kann andere Katzen nicht mehr verstehen. Meine schlimmste Befürchtung ist also tatsächlich wahr geworden. Warmes Wasser läuft meine Wangen hinunter. Was ist das? Ich wische mit der Hand über mein Gesicht. Das Wasser kommt aus meinen Augen. Es müssen also Tränen sein. Ich weine. Und es fühlt sich ganz seltsam an. Irgendwie schrecklich. Aber auch erleichternd.

In diesem Moment streift etwas sehr Weiches meine Hand. Kurz darauf leckt eine raue Zunge die Tränen von meinen Fingern. Odette. Sie ist zu mir auf den Mülltonnenunterstand gesprungen. Ich betrachte sie und stelle wieder einmal fest, dass sie wunderschön aussieht. Odette guckt mich ebenfalls an, dann legt sie ihren Kopf auf meinen

Schoß und fängt an zu schnurren. Okay, auch wenn ich mich nicht mehr mit ihr unterhalten kann, bin ich mir ganz sicher, was das heißt: *Streichle mich!*

Ich lasse meine Finger durch ihr Fell gleiten. Eigentlich wollte ich Odette gehörig zusammenfalten, so boshaft wie sie mich das letzte Mal behandelt hat. Schließlich bin ich nun ein Mensch und viel größer als sie. Da hätte eine Standpauke bestimmt gehörig Eindruck gemacht. Aber nun genieße ich einfach das Gefühl, sie so nah bei mir zu haben. Gleichzeitig vermisse ich in diesem Moment mein Leben als Katze so stark, dass ich fast maunzen könnte. Wenn ich gerade jetzt ein Kater wäre – und ich säße hier mit Odette so zusammen … Ich merke, wie mein Herz anfängt zu rasen und sich ein seltsames Gefühl in meinem Magen ausbreitet. Herzrasen und Magendrücken – ob ich wohl krank werde?

Kurz überlege ich, ob ich Odette einfach erzählen soll, dass ich eigentlich Winston bin. Vermutlich kann sie Menschen verstehen. Ich konnte es jedenfalls, als ich noch ein Kater war. Aber selbst wenn sie es kann, wird sie mir wahrscheinlich nicht glauben, sondern mich für völlig durchgedreht halten. Die Geschichte ist ja auch total verrückt.

»Ach, hier bist du! Ich habe dich schon überall gesucht. Aber ich komm ja nicht allein aus der Wohnung. Das ist vielleicht doof!«

Kira springt zu uns auf den Unterstand. Schade, jetzt ist es mit der Zweisamkeit natürlich vorbei! Odette zieht ihren Kopf weg und faucht kurz, dann legt sie sich wieder hin. Da kommt mir eine Idee.

»Kannst du hören, was sie gesagt hat?«, will ich von Kira in Gedanken wissen.

»Na klar. Ist aber nicht besonders schmeichelhaft für dich«, erwidert sie.

»Das habe ich mir schon gedacht. Ich will's trotzdem wissen«, sage ich tapfer.

Kira kichert in Gedanken.

»Okay, du hast es nicht anders gewollt! Sie hat gesagt: *Hallo, du Weichei, traust du dich auch wieder hierher?* Beste Freunde seid ihr nicht, oder? Na ja, was sich liebt, das neckt sich.«

»Wie meinst du das denn?«, will ich wissen.

»Ach, das ist nur so ein Spruch. Wenn sich zwei Leute richtig gern haben, dann kann es sein, dass sie sich deswegen besonders häufig streiten. So ist das jedenfalls bei Menschen. Wie das bei Katzen ist, weiß ich nicht.«

Ich merke, wie mir warm wird. Verstohlen betrachte ich Odette, die immer noch entspannt auf meinen Beinen liegt.

»Also, ich glaube nicht, dass mich Odette mag. Sie hält mich für einen eitlen, verwöhnten Kater. Und für arrogant. Dabei stimmt das gar nicht.«

Kira legt den Kopf schief und mustert mich.

»Stimmt nicht?«

Ich schüttle heftig den Kopf.

»Nein! Das stimmt überhaupt nicht! Ich bin vielleicht gebildet. Aber eingebildet bin ich ganz sicher nicht. Und wenn, dann nur ein ganz kleines bisschen.« Dazu schweigt Kira. Vielsagend, wie mir scheint. Das ärgert mich.

»Überhaupt ist das alles nur Olgas Schuld«, füge ich deshalb trotzig hinzu.

»Was hat denn meine Tante damit zu tun?«, will Kira erstaunt wissen.

»Sie war es, die Odette erzählt hat, dass ich so verwöhnt sei. Richtig gemein ist das! Odette kennt mich gar nicht wirklich, ich war ja immer in der Wohnung. Das sind also alles nur Gerüchte und deine Tante hat sie in Umlauf gebracht.«

Jetzt ist es an Kira, trotzig zu reagieren.

»Das kann ich mir nicht vorstellen. Das sieht meiner Tante gar nicht ähnlich.«

»Hat sie aber gemacht. Und mein wertvolles Futter hat sie der Bande auch gegeben. Frag Odette!«

»Mach ich!«

Kira rückt ein bisschen näher an uns heran und maunzt. Odette hebt überrascht den Kopf und maunzt ebenfalls. Faszinierend. Die beiden unterhalten sich offenbar – und ich kann kein Wort verstehen. Eine Weile geht das so hin und her, dann rappelt sich Odette auf, springt vom Unterstand und verschwindet im hinteren Teil des Hofs.

»Was ist los?«, will ich von Kira wissen.

»Ich habe gerade was klargestellt,« lautet die Antwort. »Nämlich, dass meine Tante garantiert nie behauptet hat, dass du arrogant bist.«

»Hä? Aber wie hast du das Odette verklickert? Hast du ihr etwa von unserem Tausch erzählt?«

»Natürlich nicht. Das würde sie mir sowieso nicht glauben. Nein, ich habe ihr einfach gesagt, dass ich noch mal nachgedacht habe. Und dass ich inzwischen weiß, dass meine Olga nie so etwas Gemeines über mich erzählt hätte.«

»Und dann? Wie hat Odette reagiert?«, frage ich neugierig.

»Sie hat ziemlich schnell eingeknickt und zugegeben, dass ihre Geschichte nur eine Lüge war, um mich, also eigentlich dich, zu ärgern.«

»Na, dann bin ich ja beruhigt.« Zumindest wegen Olga. Die blöde Odette kann mir in Zukunft so was von gestohlen bleiben!

»Gefüttert hat meine Tante Odette und ihre Freunde allerdings wirklich. Sie liebt eben Katzen!«, fügt Kira hinzu.

Ich nicke und beim Gedanken an Olgas Freundlichkeit werde ich wieder ein bisschen traurig. Aber schon spricht Kira weiter.

»Jetzt vergiss mal die ganze Sache mit Olga und Odette, Winston! Wir müssen über etwas sehr viel Wichtigeres reden.«

»Ach ja, und über was?«

»Über unsere Ermittlungsstrategie. Wir müssen uns überlegen, wie wir Vadim am besten auf die Schliche kommen.«

»Aha.« Meine Begeisterung für das Thema hält sich momentan arg in Grenzen. Lieber würde ich ein wenig im Selbstmitleid schwelgen, weil ich so ein armer, von Odette unverstandener Kater bin. Gefangen im Körper einer Zwölfjährigen, die mich ebenfalls nicht versteht.

»Nun komm schon, Agent Winston. Ich habe da auch bereits eine gute Idee. Ach was – sie ist brillant!«

Erste Gehversuche als Agent. Wenn nur nicht so viel Mathe dafür nötig wäre!

»Also, wenn du diesen einfachen Text nicht auswendig lernen kannst, dann musst du ihn dir wohl oder übel aufschreiben.«

»Auswendig lernen? Was ist das denn?«

»Mann, Winston! Für einen Professorenkater könntest du schon etwas schlauer sein.«

Wie bitte? So eine Frechheit!

»Ich kenne keine Katze, die schlauer ist als ich!«, schnaube ich empört.

»Odette hat recht. Du bist echt ziemlich eingebildet. Umso seltsamer, dass du nicht weißt, was Auswendiglernen heißt. Aber was soll's, ich erkläre es dir: Beim Auswendiglernen liest du einen Text so oft, bis du ohne nachzuschauen weißt, was du sagen willst. Und genau so machen wir es hier. Ich schreibe dir etwas auf, womit du meine Mutter eine Zeit lang ablenken kannst. Du lernst es auswendig, und sobald sie vom Einkaufen zurück ist, sprichst du mit ihr. Während sie mit dir Mathe übt, filze ich ihre Handtasche und suche nach Hinweisen. Irgendwo muss sie ihr Tagebuch doch haben. Im Zimmer habe ich es jedenfalls nicht gefunden. So weit alles klar?«

»Wie Kloßbrühe.« Das klingt wirklich einfach. Eine Sache fuchst mich allerdings sehr. Am besten, ich kläre sie gleich. Ich schicke ein paar böse Gedanken an Kira. Die zuckt zusammen.

»He, alles in Ordnung? Warum bist du plötzlich so fies zu mir? Ich will dir doch nur helfen!«

»Nein, es ist nicht alles in Ordnung, Kira«, antworte ich aufgebracht. »Dafür, dass du auch erst seit Kurzem in einem neuen Körper steckst, bist du nämlich ganz schön frech. Ich meine, du kannst zu Hause auf meinem Lieblingssofa rumliegen und musst die Wohnung überhaupt nicht verlassen, während ich in der Schule und sonst wo meinen Kopf für dich hinhalten soll. Beziehungsweise deinen Kopf. Na, du weißt schon, was ich meine. Wenn du mich fragst – ich habe von uns beiden den eindeutig schwereren Job. Deine Vorhaltungen, was ich schon alles wissen müsste, kannst du dir also echt sparen. Ich bin mir ziemlich sicher, dass du zurzeit auch eine miserable Katze abgibst.« So. Zack. Ich hoffe, das hat jetzt mal gesessen. Kira guckt mich mit großen Augen an.

»Oh, Winston, das tut mir sehr leid! Ich wollte dich nicht bevormunden. Ich bin nur so aufgeregt, weil ich vielleicht meiner Mama helfen kann. Anscheinend bin ich dabei übers Ziel hinausgeschossen. Entschuldigung! War nicht so gemeint!«

Jetzt klingt Kira so traurig, wie man in Gedanken nur

klingen kann. Vielleicht war ich auch ein bisschen zu empfindlich, weil ich es eben nicht gewohnt bin, nicht der schlauste Kater in der Wohnung zu sein. Okay, Werner ist natürlich noch schlauer, aber der ist immerhin kein Kind. Eventuell bin ich also tatsächlich ein bisschen eingebildet. Auf alle Fälle habe ich gerade das Gefühl, dass mir die ganze Geschichte über den Kopf wächst.

»Entschuldigung angenommen!«, beruhige ich Kira. »Aber sag mal, meinst du nicht, es wäre doch besser, wenn wir uns von den Erwachsenen Hilfe holen würden? Vielleicht ist das alles zu viel für uns. Werner könnte uns bestimmt helfen zurückzutauschen. Der ist nämlich richtig schlau! Ich kenne keinen Menschen, der klüger ist als er.«

Sofort macht Kira einen Buckel und faucht.

»Nein, Winston! Ich habe gerade die einmalige Chance, hinter das Geheimnis meiner Mama zu kommen. Wir können den Fall gemeinsam lösen – wenn ich erst wieder ein Mädchen und du eine Katze bist, schaffen wir das nicht.«

Ich seufze. »Na gut, versuchen wir es also. Aber wenn wir nicht weiterkommen, erzähle ich es Werner.«

»Wenn wir nicht weiterkommen. Aber ich schwöre dir: Wir *werden* weiterkommen!«, gibt sich Kira kämpferisch. »Jetzt schreiben wir erst mal auf, was du gleich zu meiner Mama sagen kannst. Und immer dran denken: Lass dir nicht in die Augen gucken, sonst merkt sie sicher, dass mit dir etwas nicht stimmt.«

»Aber Schatz, was verstehst du daran denn nicht? Es ist doch ganz einfach!« Anna schaut mich ratlos an.

»Na, ich versteh's eben nicht. Nichts davon!« Und das ist nicht mal gelogen. Anna und ich sitzen am Küchentisch, vor uns ein Blatt Papier, auf dem $\frac{18}{x} = 6$ steht. Was bedeutet das bloß? Das reinste Mysterium. Anna runzelt die Stirn.

»Also, Gleichungen mit einer Unbekannten sind leicht zu lösen. Du musst sie dir nur wie eine Waage vorstellen, die immer im Gleichgewicht bleiben soll, egal was du tust.«

»Aha.« Über Annas Schulter hinweg kann ich sehen, wie sich Kira an der großen Umhängetasche ihrer Mutter zu schaffen macht. Gerade hat sie sie geschickt vom Garderobenhaken geholt, um sie jetzt ins Gästezimmer zu schleifen.

»Kira, hörst du mir noch zu?«

»Äh … ich? Ja, klar.«

»Du musst dich schon ein bisschen konzentrieren, wenn ich dir helfen soll.«

»Natürlich. 'tschuldigung.«

»Außerdem musst du mal wieder dringend zum Friseur. Dein Pony fällt mittlerweile so in dein Gesicht, dass ich deine Augen gar nicht mehr erkennen kann. Bestimmt kannst du kaum noch etwas sehen. Vielleicht liegt dein Matheproblem daran, dass du langsam blind wirst!« Sie lacht, ich ringe mir ein Lächeln ab.

»Ja, vielleicht, Mama. Aber jetzt geht's erst mal um Mathe«, wechsle ich schnell das Thema, bevor sie noch auf die Idee kommt, mir die Haare aus der Stirn zu streichen und in meine Augen zu gucken.

»Du hast recht. Wenn du also x vom Nenner zum Zähler machst, dann …«

In diesem Moment taucht Katzen-Kira wieder in der Küche auf und springt auf meinen Schoß. Irgendetwas will sie mir sagen.

»Winston, ich brauche deine Hilfe. Ich kriege die Tasche nicht allein auf. Sie hat einen Reißverschluss und den kann ich nicht öffnen.« Grrr, so wird das hier nie etwas! Wenn ich bei Annas Nachhilfeunterricht nicht gleich richtig mitmache, werde ich mächtig Ärger gekommen.

»… dann musst du es auf der anderen Seite natürlich auch machen, also mal x auf beiden Seiten der Gleichung, verstanden?«, erklärt Anna geduldig weiter.

»Äh, was?«

»Auf beiden Seiten, Kira. Du musst das auf beiden Seiten der Gleichung machen.«

»'tschuldigung, ich muss mal zur Toilette«, behaupte ich. Eine bessere Ausrede fällt mir auf die Schnelle nicht ein.

Anna verdreht die Augen.

»Wirklich, Kira, was ist denn bloß los mit dir? Du bist so unruhig.«

»Nein, ich muss nur mal ganz dringend.« Ich hüpfe von meinem Stuhl und laufe in den Flur. Hoffentlich folgt Anna mir nicht, denn in Wirklichkeit will ich doch ins Gästezimmer, um Kira die Tasche zu öffnen. Ein Blick über die Schulter: Nein, die Luft ist rein. Ich schlüpfe schnell ins Zimmer und ziehe den Reißverschluss auf. Kira stürzt sich auf den Tascheninhalt. Kurz darauf sitze ich wieder in der Küche und gebe mein Bestes, um Anna noch ein bisschen abzulenken.

»Also, der Nenner und der Zähler – wie war das noch mal?«, frage ich möglichst unschuldig.

»Du musst multiplizieren. Ganz einfach. Aber eben auf beiden Seiten. Verstanden?«

Ich nicke.

»Klar. Auf beiden Seiten. Logisch.« Auweia. Nenner. Zähler. Multiplizieren. Ich bin sehr froh, dass ich im wirklichen Leben ein Kater und keine Siebtklässlerin bin!

»Und? Hast du es gefunden?«, will ich von Kira wissen, als ich nach meiner kleinen Mathestunde ins Gästezimmer zurückkomme und mich auf Kiras Bett fallen lasse.

»Ja! Es war so, wie ich dachte: Sie hatte das Tagebuch in ihrer Handtasche. Ich habe es gelesen. Jetzt musst du es nur wieder dort verstauen, damit sie keinen Verdacht schöpft.«

»Mach ich gleich! Steht denn etwas drin, was uns weiterhilft?«

»Ich denke schon. Sie schreibt, dass sie mit der Sache von Vadim nichts zu tun hat und entsetzt ist, dass er sie da mit reingezogen hat. Er hat sogar behauptet, das alles sei ihre Idee gewesen und er habe ihr nur aus Liebe geholfen. Und nun macht sich meine Mutter Sorgen, dass die Polizei Vadim glauben könnte.«

»Aha. Aber um welche Sache geht es denn?«

Kiras Schwanzspitze zuckt hin und her.

»Das steht da leider nicht. Das Tagebuch ist ziemlich neu, es geht nur um die letzten beiden Wochen. Aber immerhin können wir nun sicher sein: Mama hat nichts Unrechtes getan.«

Ich strecke meine Arme nach Kira aus und nehme sie auf den Schoß.

»Gut, aber damit wissen wir immer noch nicht, *was* eigentlich geschehen ist. Wie sollen wir das herausfinden?«

Kira dreht sich vom Bauch auf den Rücken und guckt mir ins Gesicht.

»Vielleicht müssen wir zu Vadim gehen und ihm mal richtig auf den Zahn fühlen.«

Ich merke, wie sich mein Puls beschleunigt.

»Zu Vadim gehen und ihm auf den Zahn fühlen? Ist das eine gute Idee? Ich dachte, der Typ wird gern mal gewalttätig – sollte man nicht besser auf Abstand zu so jemandem bleiben?«

»Nein. Mit Abstand werden wir nicht herausfinden, was der Kerl verbrochen hat.«

Leuchtet mir zwar einerseits ein, macht mich aber immer noch nicht glücklich. Ich schlage einen Kompromiss vor.

»Sag mal, es gibt doch Menschen, die sich professionell mit Verbrechern beschäftigen. Wie hießen die doch gleich? Irgendetwas mit P, oder?« Ich mache eine kleine Kunstpause, aber Kira ignoriert meine Frage, also beantworte ich sie mir selbst. »Polizei, richtig? Also, warum gehen wir nicht zur Polizei und erzählen ihnen, was wir wissen?«

Kira schüttelt sich.

»Weil sie uns nicht glauben werden. Deswegen! Die waren doch schon hier und haben Mama befragt. Und die hat ihnen gesagt, dass sie nichts damit zu tun hat. Haben sie ihr aber nicht abgenommen, steht in ihrem Tagebuch. Und deshalb ermittelt die Polizei weiter gegen sie. Nein, nein, wir müssen selbst herauskriegen, was passiert ist.«

Heilige Ölsardine und verflixter Heringssalat! Dieses Kind ist wirklich stur! Ich sehe uns beide schon mit Betonklötzen an den Füßen in der Elbe landen, versenkt von einem Verbrecher namens Vadim. So etwas geschieht nach meinen Fernsehkenntnissen nämlich häufig mit Leuten, die Kriminellen in die Quere kommen. Ich starte einen letzten Anlauf, um Kira von ihrem Plan abzubringen.

»Also, wenn wir da schon hingehen, dann auf keinen Fall allein! Und wenn ich Werner nicht einweihen soll und deine Mutter nichts erfahren darf, dann müssen wir uns andere Unterstützung organisieren.« Vielleicht gibt Kira auf, wenn ich damit drohe, jemanden mitzunehmen.

»Feigling!«, ruft Kira. »Und wer soll diese Unterstützung denn sein? Du kennst doch hier überhaupt niemanden. Oder willst du Odette und Spike mitnehmen? Damit sich Vadim schlapplacht, wenn du da mit drei Katzen im Schlepptau aufkreuzt?«

»Natürlich kenne ich hier auch andere Menschen!«, behaupte ich einfach ins Blaue hinein. Bloß keine Schwäche zeigen.

»Ach ja?«

»Genau. Ich weiß schon, wen ich frage.«

»Okay, lass hören.«

»Ich frage … äh … ich frage … also, ich könnte …« Und in genau diesem Moment fallen mir tatsächlich zwei Menschen ein, die ich fragen könnte. Und die ich fragen werde. Ob es Kira nun passt oder nicht.

Ich habe mutige Freunde. Und Russland ist ein fernes, fremdes Land.

Ich glaube, um Menschen von einer Sache zu überzeugen, ist es nicht unbedingt klug, zu hundert Prozent die Wahrheit zu sagen. Tom und Pauli gucken mich jedenfalls gerade mit sehr großen Augen an. Vielleicht war es doch nicht so schlau, ihnen vorher zu verraten, was für ein Mistkerl dieser Vadim ist. Wenn sie nun beide nicht mitkommen wollen, habe ich es eindeutig vermasselt.

»Also, du meinst, der Typ ist gefährlich und könnte richtig Ärger machen?« Tom legt die Stirn in Falten.

»Äh, ja, na ja … also …« Wenn ich jetzt behaupte, dass Vadim im Gegenteil ein ganz netter Zeitgenosse ist, dann glauben sie mir das wohl nicht mehr. Das hätte ich mir eher überlegen müssen. »Also, Vadim ist manchmal ein bisschen aufbrausend und er hatte auch schon mal Ärger mit der Polizei. Aber ansonsten …«

»Also ist er richtig, *richtig* gefährlich.« Tom grinst. »Cool.«

Cool? Heißt das, Tom findet die Vorstellung gut, Vadim mal ein bisschen auf die Finger zu klopfen? Das wäre ja großartig!

»Also, ich würde sagen, wenn du zwei Partner für eine gefährliche Mission brauchst, dann bist du bei Tom und mir an der richtigen Adresse«, fügt nun auch Pauli lächelnd hinzu. Super! Dann war meine Idee ja doch nicht so falsch!

»Wie genau ist denn der Plan?«, erkundigt sich Tom. »Ich meine, nur so in zwei Sätzen. Die Pause ist ja gleich vorbei.«

Gute Frage. Sehr gute Frage. Wie genau ist eigentlich der Plan?

»Tja, ich dachte … äh …« Hm. Im Grunde gibt es noch keinen Plan. Also, bis auf den Teil, dass ich und Kira nicht allein bei Vadim auftauchen, sondern Verstärkung mitbringen.

»Kann es sein, dass du dir noch nichts Genaues überlegt hast?«, hakt Pauli nach. Schlaues Kind. Treffer mitten ins Schwarze. Abstreiten zwecklos.

»Leider hast du recht«, gebe ich zu. Pauli seufzt.

»Okay. Dann lass uns mal überlegen. Wenn ich dich richtig verstanden habe, dann hat dieser Vadim bei der Polizei behauptet, dass deine Mutter gemeinsam mit ihm irgendetwas verbrochen hat. In Wirklichkeit war er es aber allein. Und nun will er nicht mit der Wahrheit rausrücken, weil deine Mutter nicht zu ihm zurückkommen will.«

»Genau. So war es.«

»Dann brauchen wir also eine Falle.«

»Eine Falle?« Ich persönlich kenne nur Mausefallen. Da legt man ein Stück Käse rein, und wenn die Maus es sich holen will, dann schnappt die Falle zu und die Maus baumelt darin. Solche Fallen sind allerdings sehr klein. Auch wenn ich ihn noch nie gesehen habe, glaube ich nicht, dass Vadim da reinpassen könnte.

»Ja, klar. Eine Falle. Wieso guckst du so erstaunt?«, wundert Pauli sich.

»Ich weiß nicht. Vadim und Käse? Und überhaupt, gibt es denn so große …« Bevor ich noch näher ausführen kann, wo ich das Problem sehe, ist die Pause zu Ende.

»Merk dir, was du sagen wolltest. Wir reden später darüber. Vielleicht fällt mir während Bio noch etwas Schlaues ein.«

Biologie bei Herrn Prätorius ist mein momentanes Lieblingsfach. Nicht so sehr, weil mich Biologie interessiert, sondern weil ich Herrn Prätorius gleich als Katzenfreund erkannt habe. Und Katzenfreunde sind einfach gute Menschen!

Im Gegensatz zu meiner Sitznachbarin Emilia. Die ist einfach kein guter Mensch, sondern die Pest. Jetzt zum Beispiel schreibt sie sich gerade Zettelchen mit der fiesen Leonie, und ich weiß ganz genau, dass sie irgendetwas mit mir zu tun haben. Auf einem der Briefchen habe ich schließlich meinen Namen gelesen. Schätze mal, das sind keine Liebesbriefe. Aber was soll's. Ich habe schließlich Wichtigeres zu tun, als mich über die beiden blöden Schnepfen zu ärgern. Ich bin ein Kater mit einer Mission!

Auch Herr Prätorius scheint die innige Brieffreundschaft

zwischen den beiden bemerkt zu haben, denn jetzt schießt er auf Leonie zu und nimmt ihr ein Blatt Papier weg.

»Liebe Leonie, hat das etwas mit den Nervenzellen des menschlichen Körpers zu tun, die wir gerade durchnehmen? Also, außer der Tatsache, dass du mir damit auf die Nerven gehst?« Prätorius grinst.

»Geben Sie das wieder her!«, schnaubt Leonie empört. »Das dürfen Sie gar nicht!«

»Leonie Weichert, was ich darf und was nicht, das bestimmst garantiert nicht du. Und wenn du und Emilia Briefe austauscht, anstatt an meinem Unterricht teilzunehmen, dann gibt's gleich richtig Ärger. Also, dann wollen wir doch mal sehen, was du gerade geschrieben hast.«

Prätorius räuspert sich, dann liest er laut vor.

Hey, Emmi,
weißt du, was mein Vater über die Russen sagt? Entweder sind die kriminell, dann sind sie stinkreich. Oder sie sind ehrlich, dann sind sie so arm, dass sie nicht mal richtiges Klopapier haben. Vielleicht sollten wir Kira also mal besser 'ne Rolle Klopapier schenken, denn reich ist die garantiert nicht, wenn die Mutter putzen geht …
☺☺☺

Ich spüre, wie mir heiß und kalt wird. Natürlich gelten die Zeilen nicht mir, Winston, sondern Kira als Mädchen. Trotzdem ist selbst dem dümmsten Kater klar, wie gemein dieser Brief ist. Und wie böse!

Herr Prätorius lässt den Zettel sinken und sagt erst mal gar nichts. Auch in der Klasse ist es mucksmäuschenstill. Ich habe keine Ahnung, ob das ein gutes oder ein schlechtes Zeichen ist. Oder gar keins. Schließlich holt Prätorius tief Luft.

»Leonie, ich bin entsetzt! Ich kann nicht glauben, dass du ernsthaft so etwas Dummes auf ein Blatt Papier schreibst. Was hast du mir dazu zu sagen?«

Leonie sagt erst mal gar nichts, sondern wird ziemlich rot im Gesicht. Das Farbensehen ist wirklich einer der Vorteile am Menschsein. Solche Gesichtsverfärbungen sind mir früher nie aufgefallen. Interessant!

»Leonie, was sagst du dazu?« Die Stimme von Prätorius bekommt jetzt einen sehr scharfen, unangenehmen Klang.

»Ich … äh … ich wollte …«, fängt Leonie an herumzustottern. Ihr übergroßes Selbstbewusstsein scheint wie weggeblasen zu sein.

»Was?«, hakt Prätorius nach. »Was wolltest du? Eine Klassenkameradin zutiefst beleidigen? Oder Geschichtchen über ein Land erzählen, in dem du noch nicht warst?«

»Nein, ich wollte doch nur … und überhaupt war das doch nur ein Spaß!«, verteidigt sich Leonie mit einer Stimme, die vermuten lässt, dass sie gleich anfängt zu heulen. Prätorius steht nun genau vor ihrem Tisch und mustert sie mit sehr finsterer Miene.

»Ein Spaß? Das darf doch wohl nicht wahr sein! Oder hörst du hier jemanden lachen?«

»Nein.« Leonie klingt sehr kleinlaut. Prätorius seufzt.

»Mein liebes Fräulein, ich denke, Frau Rosenblatt würde das für einen Verweis reichen.«

»Oh nein!«, ruft Leonie, dann fängt sie tatsächlich an zu weinen. Was mag ein Verweis bloß sein? Anscheinend etwas sehr Schlimmes. Auf einmal tut Leonie mir leid.

»Ich sagte, ihr *würde* das reichen. Ich sage nicht, dass wir jetzt zu ihr hinmarschieren. Obwohl ich eigentlich große Lust dazu hätte, denn ich finde dieses Geschreibsel wirklich unterirdisch. Stattdessen habe ich aber noch eine andere Idee, wie du es wiedergutmachen kannst. Sozusagen ein Täter-Opfer-Ausgleich.«

Leonie reißt erstaunt die Augen auf. Anscheinend versteht sie kein Wort. Da geht es ihr wie mir. Prätorius setzt zu einer Erklärung an.

»Statt dich sofort zu Frau Rosenblatt zu schleifen, habe ich mir überlegt, dass es besser wäre, wenn du dich bei Kira entschuldigst. Und zwar, indem du deine neue Mitschülerin zu einem Eis einlädst. Bei der Gelegenheit kann sie dir vielleicht etwas über ihre alte Heimat erzählen, damit du das nächste Mal ein bisschen nachdenkst, bevor du so einen Unsinn behauptest. Ist das klar?«

Leonie nickt.

»Und am besten nimmst du Emilia gleich mit«, fährt Prätorius fort. »Mir scheint, auch bei ihr besteht noch ein gewisser Informationsbedarf über eines der größten Länder der Erde. Und in Sachen Freundlichkeit sowieso. Bist du damit einverstanden, Kira?«

Ich nicke langsam.

»Gut. Dann ist das so weit geregelt. Heute nach der Schule kommt euer Einsatz. Entschuldigen dürft ihr euch allerdings jetzt schon bei Kira.«

»Entschuldige bitte, Kira!«, kommt es wie im Chor von Leonie und Emilia. »Das war wirklich blöd von mir«, ergänzt die auf einmal ganz sanfte Leonie noch. »Ich mach's mit einem riesigen Eis wieder gut. Kannst dir eins in meiner Lieblingseisdiele aussuchen, okay? Und dann können wir auch mal in Ruhe reden.«

Ich nicke wieder. Und hoffe, die beiden wollen nachher nicht wirklich etwas über Russland wissen.

Ziemlich beste Feindinnen

»Los, nun mach schon!« Leonie lächelt mich an. Aber es ist kein aufmunterndes Lächeln, so viel ist selbst mir klar. Es wirkt eher … höhnisch. Okay, damit ist es wohl eher ein Grinsen. »Oder traust du dich nicht?«

Ich muss trocken schlucken. »Klar traue ich mich. Also, ich meine, ich würde mich schon trauen, aber …«

»Was, aber?« Nun grinst nicht nur Leonie, sondern auch Emilia, Ruth und Helene sehen aus, als hätten sie gerade den Spaß ihres Lebens.

»Äh, ich meine, dass es sehr unklug wäre, in ein Geschäft hineinzuspazieren, das von schätzungsweise vier Kameras überwacht wird, und dort ein T-Shirt zu klauen. Die juristischen Probleme wären unvermeidlich.«

Jetzt reißt Leonie die Augen auf. »Die juristischen Probleme wären unvermeidlich? Was redest du da für einen Müll?« Sie dreht sich auf dem Absatz um und lässt mich einfach stehen. Die drei anderen folgen ihr.

Verdammt. So wird das nichts. Ich weiß einfach zu wenig darüber, was es wirklich bedeutet, ein Mensch zu sein. Geschweige denn ein Mädchen. Das hatte ich mir deutlich einfacher vorgestellt. Ich hätte auch nicht gedacht, dass eine simple Einladung zum Eisessen, die doch eigentlich als Entschuldigung gedacht war, so enden würde: an der Eingangstür eines Klamottenladens. Verbunden mit der Aufforderung, hier mal schnell ein T-Shirt zu klauen.

Aber genau das ist gerade passiert: Erst waren wir zu fünft ein Eis essen. Leonie, Emilia, ich und zwei weitere Mädchen aus Leonies Clique. Eigentlich war es ganz nett. Wir haben über die Schule gequatscht, und Leonie hat noch mal gesagt, dass ihr die Sache mit dem Brief leidtue. Tja, und dann haben die vier beschlossen, dass sie mich liebend gern in ihre Clique aufnehmen würden. Ich müsste allerdings vorher eine Mutprobe bestehen. Und die Aufgabe wäre nun mal, hier, bei *TK Moritz*, ein T-Shirt mitgehen zu lassen.

Nun bin ich ja kein Experte in menschlichen Angelegenheiten, aber selbst ich weiß, dass man sich mit so einer Aktion eine Menge Ärger einhandeln kann. Ich sollte es also besser lassen.

Andererseits: Vielleicht wäre Kira wirklich gern Mitglied dieser Mädchentruppe und ich vermassle ihr eine einmalige Chance?! Ich stelle mir vor, Odette würde versuchen, sich mit mir anzufreunden, und würde sich von Kira, die zufälligerweise gerade in meinem Körper steckt, eine Abfuhr einfangen. Und dann wäre die Chance vertan und Odette würde nie wieder ein Wort mit mir reden. Ich glaube, ich wäre stinksauer auf Kira. Also doch reingehen und das T-Shirt klauen?

Ich drehe mich um und rufe Leonie hinterher.

»He, nun wartet doch mal! Wenn es euch so wichtig ist, dann mache ich das eben.«

Leonie und die anderen kehren wieder um und kommen zu mir zurück.

»Cool. Dann lass mal sehen, was du so draufhast!«

Ich versuche, ganz lässig zu wirken, dabei ist mir überhaupt nicht wohl in meiner Haut.

»Klar, kein Problem!«

Zu fünft spazieren wir wie zufällig in den Laden und laufen an den Verkaufstischen vorbei.

»Da!«, sagt Leonie schließlich und zeigt auf ein weißes T-Shirt mit einem glitzernden Schriftzug auf der Brust. »Das hätte ich gern. Los, hol's für mich!«

Ich schlucke und nicke. Wie komme ich da wohl am besten ran? Vorsichtig schaue ich mich um – auf den ersten Blick kann ich hier keine Kamera entdecken. Dann entscheide ich mich für die Variante »Augen zu und durch«. Ich greife mir schnell das T-Shirt und stopfe es in meine Jackentasche. Leonie starrt mich an und flüstert:

»Und? Hast du es?«

»Ja!«

»Dann nix wie weg!«

Möglichst unauffällig schlendern wir zum Ausgang. Mein Herz rast und ich merke, wie ich schon wieder anfange zu schwitzen. Hoffentlich schaffen wir es hier heil raus – je näher wir der Tür kommen, desto mehr beginnt nun auch mein Magen sich zusammenzukrampfen. Durchhalten!

Der Ausgang ist vielleicht noch einen Meter von mir entfernt, da löst sich von der Seite ein Schatten. Ich kann ihn nur aus den Augenwinkeln sehen, aber ich erkenne sofort die Umrisse eines Mannes. Auweia! Das ist bestimmt der Kaufhausdetektiv! Auch die anderen Mädchen haben ihn gesehen, jedenfalls rennen sie sofort los Richtung Tür. Ich stürze ihnen nach und will gerade direkt hinter Leonie aus dem Laden raus – da schlägt sie mir regelrecht die Tür vor der Nase zu, sodass ich eine Vollbremsung einlegen muss. Eine Sekunde später spüre ich schon eine Hand auf meiner Schulter.

Das gibt's doch gar nicht! Leonie hat mich absichtlich zurückgelassen, da bin ich mir ganz sicher! Hätte sie nicht schnell die Tür zugeworfen, hätte ich es auch noch rausgeschafft! Fassungslos beobachte ich durch das Schaufenster, wie Leonie und die anderen Mädchen davonlaufen und sich dabei ausschütten vor Lachen. Wie kann man nur so gemein sein?

»So, junges Fräulein«, spricht mich der Schatten an, der eine ziemlich dunkle Stimme hat, »dann zeig doch mal, was du da in deiner Tasche hast!« Er greift in meine Jackentasche, ich lasse es geschehen. Widerstand erscheint mir hier zwecklos. Dann zieht er das T-Shirt heraus. »Aha. Sieh an, sieh an. Na, dann komm bitte mal mit nach hinten in mein Büro.«

Ergeben und mit gesenktem Haupt trotte ich hinter dem Mann her. Er ist nicht besonders groß, aber dafür ziemlich breit. Alles in allem sieht er nicht aus wie jemand, mit dem ich gern Streit hätte. Der Detektiv führt mich in sein kleines Büro und bedeutet mir mit einer Handbewegung, auf dem Stuhl vor seinem Schreibtisch Platz zu nehmen. Dann setzt er sich ebenfalls.

»Also, wie heißt du?«

»Winston Chur…, äh, ich meine Kira Kovalenko.«

Der Mann zieht die Stirn in Falten und mustert mich streng.

»Hör mal, Mädchen, das ist hier eine ernste Sache, also keine Späße mit mir! Wie heißt du denn nun wirklich?«

»Tut mir leid!«, murmle ich zerknirscht. »Aber ich heiße wirklich Kira Kovalenko. Mein Spitzname ist nur Winston, weil … weil … äh, weil ich so gut Englisch kann.«

»Soso. Und wie alt bist du?«

Grundgütige Ölsardine – immer diese Fachfragen! Wie alt war ich denn noch mal? Zwölf oder dreizehn? Ich bin mir nicht sicher. Aber wenn ich jetzt sage, dass ich es nicht genau weiß, wird der Typ es nicht glauben. Wahrscheinlich wird er dann noch ungemütlicher werden. Also sage ich mit fester Stimme:

»Zwölf.«

»Also noch keine vierzehn.«

»Nein.«

»Aha. Glück gehabt.«

Ich bin verwirrt. Wieso habe ich dann Glück gehabt? Offenbar sieht mir der Mann meine Verwirrung an.

»Na, wenn du vierzehn wärst, dann wärst du schon strafmündig. Dann müsstest du jetzt vor Gericht und würdest zu einer richtigen Strafe verknackt werden. So rufe ich jetzt zwar auch die Polizei, aber die werden im Wesentlichen nichts anderes machen, als mit deinen Eltern zu schimpfen.«

Bei dem Wort *Polizei* zucke ich zusammen. Nicht schon wieder die! Wenn die Polizei erst mal hier aufkreuzt, wird es garantiert unmöglich, diesen Vorfall irgendwie vor Anna und Werner zu verheimlichen. Und dann gibt's bestimmt richtig Ärger – da habe ich den Heringssalat!

»Muss denn das mit der Polizei sein?«, mache ich einen zaghaften Versuch in Richtung Schadensbegrenzung. »Ich könnte das T-Shirt doch einfach bezahlen. Dann wäre alles wieder gut.« Okay, ich habe zwar gar kein Geld, aber vielleicht lässt sich der Detektiv auf Verhandlungen ein.

Der schüttelt entrüstet den Kopf.

»Nee, kommt gar nicht infrage! Das hättest du dir eher überlegen müssen. Und überhaupt – auffälliger ging es ja wohl kaum. Da kannst du dich mal bei deinen feinen Freundinnen bedanken. Ich glaube, wenn die eine nicht noch in die Kamera gewunken und auf dich gezeigt hätte, hätte ich dich gar nicht bemerkt.«

WAS? Die haben mich absichtlich reingeritten? Also, nicht nur absichtlich hiergelassen, sondern mir auch den Detektiv auf den Hals gehetzt? Ist es vielleicht das, was Pauli heute Morgen mit »eine Falle stellen« meinte? Ich merke, wie Tränen in meine Augen schießen. Aber nicht, weil ich traurig bin. Sondern wütend. SO WÜTEND!

Die Polizistin auf der Wache ist eigentlich ganz nett zu mir. Ich habe ihr mein Herz ausgeschüttet und ihr von der Mutprobe erzählt. Und von dem Vormittag in der Schule und dem Zettel, den Leonie geschrieben hat. Sie hat sehr verständnisvoll genickt und mir immer wieder Taschentücher gereicht, weil ich einfach nicht aufhören konnte zu weinen. Wegen der Schlechtigkeit der Menschenwelt! Und wegen meiner eigenen Blödheit, auf diese dummen Ziegen reingefallen zu sein! Ein toller Kater bin ich – werde von vier Schulmädchen ausgetrickst.

Leider lässt sich die Polizistin trotz ihres Mitgefühls nicht davon abbringen, meine Mutter anrufen zu wollen. Also Anna. Nicht meine Katzenmutter natürlich. Was sollte die auch zu der ganzen Geschichte sagen? Die kann ja gar nicht mit Menschen sprechen.

Oje, was mache ich nur, wenn Anna hier aufkreuzt? Ich glaube, ich bin noch nicht gewappnet für einen richtigen Streit mit meiner Menschenmutter. Wenn doch bloß Kira hier wäre! Sie könnte mir heimlich Tipps geben, was ich am besten antworte oder auch besser lasse, wenn mich Anna richtig in die Mangel nimmt.

Das bringt mich auf eine geniale Idee ... Ob ich mich mit Kira wohl über größere Entfernungen in Gedanken unterhalten kann? So wie bei einem Telefonat? Da können Menschen schließlich mit Menschen sprechen, die gar nicht im selben Raum und manchmal sogar furchtbar weit weg sind. Das habe ich sowohl bei Werner als auch bei Anna und Olga schon beobachtet. Sollte das klappen, wäre es natürlich ungemein praktisch. Ach was: Es wäre sensationell! Dann könnte ich Kira bestimmt herbeidenken.

Ich konzentriere mich also auf Kira:

Liebe Kira, ich stecke hier wirklich knietief im Schlamassel. Ach was, sogar bis zum Hals. Also, wenn Anna gleich einen Anruf bekommt und das Haus verlässt, dann bitte, bitte, bitte versuche unter allen Umständen, sie zu begleiten. Ich brauche dich hier ganz dringend! Drei Ausrufezeichen!!!

»Kira?« Offenbar hat die Polizistin mich gerade etwas gefragt und wartet auf eine Antwort.

»Äh, ja?«

»Alles in Ordnung bei dir? Du wirkst auf einmal so weggetreten.«

»Schon gut. Alles in Ordnung. Ich musste nur gerade an etwas denken.«

»Okay. Dann rufe ich jetzt deine Mutter an.«

Ich seufze. Und hoffe sehr, dass meine Gedankenübertragung funktioniert hat.

Etwas Licht kommt ins Dunkel. Und ein Plan wird gefasst.

»Mama!« Als Anna in das Büro auf der Polizeiwache tritt, springe ich von meinem Stuhl auf und werfe mich in ihre Arme. Gleichzeitig versuche ich, möglichst unauffällig an ihr vorbei auf den Flur zu linsen. Ob Kira mitgekommen ist? Tatsächlich! Sie sitzt direkt auf der Türschwelle und schwenkt ihren Schwanz nervös hin und her.

»Kira, was ist passiert?«, will Anna aufgeregt von mir wissen. »Wie konntest du nur auf so eine Idee kommen?«

»Genau, Winston, was hast du da angestellt?«, höre ich nun auch Kiras Gedanken.

»Also, im Wesentlichen habe ich versucht, deine Ehre zu retten«, erwidere ich.

»Bitte was? Und warum endete dieser Versuch auf einer Polizeiwache?« Kira schleicht vorsichtig in das Büro und setzt sich neben Anna, die mich immer noch im Arm hält.

»He, Sie«, spricht die Polizistin Anna daraufhin an, »haben Sie etwa ein Tier mitgebracht? Das ist hier aber nicht erlaubt!«

Anna lässt mich los und dreht sich zu der Polizistin um.

»Ich weiß und es tut mir auch leid. Aber ich habe es nicht geschafft, das Haus ohne den Kater zu verlassen. Er hat sich wie verrückt aufgeführt und sich in meiner Kleidung festgekrallt. Wenn ich ihn nicht mitgenommen hätte, wäre ich jetzt noch nicht da.«

Die Polizistin zieht die Augenbrauen so hoch, dass sie fast ihren Haaransatz berühren. Man kann ihr deutlich ansehen, dass sie Anna kein Wort glaubt. Anna seufzt und versucht es mit einer anderen Erklärung.

»Na ja, und außerdem ist Winston Kiras bester Freund. Ich dachte, es wäre gut, wenn ich ihn dabeihätte. Sie klang am Telefon so aufgewühlt.«

Da hat Anna recht. Als mir die Polizistin eben kurz den Hörer reichte, habe ich mir die größte Mühe gegeben, möglichst dramatisch zu klingen. Ich dachte mir, wenn sich Anna Sorgen um mich macht, dann stimmt sie das vielleicht ein wenig gnädiger.

»Los, Winston, nimm mich auf den Arm!«, höre ich Kiras Gedanken. »Wenn Mama schon behauptet, dass sie mich zu deiner Beruhigung mitgenommen hat, musst du dich auch ein bisschen um mich kümmern. Außerdem würde sie das vielleicht ein wenig besänftigen. Sie ist nämlich echt sauer. Am besten, du lieferst eine gute Show!«

Richtig. Bevor die Polizistin Kira gleich wieder an die Luft setzt und es ein Donnerwetter von Anna gibt, sollte ich aktiv werden. Mit einem lauten *Ja, wo ist denn meine Miez-Miez?* bücke ich mich also zu Kira und nehme sie auf den Arm.

»Liebster Winston, ich habe dich sooo vermisst«, flöte ich dann, was das Zeug hält, und hoffe, dass meine plötzliche Tierliebe überzeugend wirkt. Ich drücke Kira ganz fest an meine Brust und vergrabe mein Gesicht in ihrem Fell.

»Ey, pass auf, ich krieg fast keine Luft mehr!« Kira faucht und ich lockere meinen Griff ein wenig. Im Schmusen mit Katzen habe ich als Mensch offenbar zu wenig Übung. Konnte ja nicht ahnen, dass Katzen so empfindlich sind!

Die Polizistin mustert mich.

»Na gut, wenn es Kira dann besser geht und sie nicht mehr weint, kann die Katze ausnahmsweise dableiben. Ich muss sowieso ein paar Formalien mit Ihnen erledigen, Frau Kovalenko. Also, Kira, dein Winston darf bleiben, wenn du ruhig hier sitzt und kein Theater machst, während ich mit deiner Mutter nebenan ein paar Sachen bespreche. Verstanden?«

Ich nicke, Anna und die Polizistin verlassen das Büro. Kira hüpft von meinem Arm und setzt sich vor mich auf die Schreibtischplatte.

»So, jetzt mal der Reihe nach: Anna war nach dem Anruf der Polizei total aufgeregt. Und deine Gedankenbotschaft habe ich überhaupt nicht richtig verstanden. Was ist eigentlich los?«

Ich gebe Kira eine kurze Zusammenfassung meines turbulenten Nachmittags. Dabei vergesse ich natürlich nicht zu erwähnen, dass ich das blöde T-Shirt nur für sie geklaut habe. Bevor ich diesen Punkt aber noch weiter erörtern kann, klappt die Tür auf und ein Polizist schaut ins Büro.

Als er mich sieht, sagt er nur kurz »'tschuldigung« und verschwindet wieder. Allerdings schließt er die Tür nicht ganz, und so können Kira und ich hören, dass er sich mit einem Kollegen auf dem Flur unterhält.

»Wer ist denn das Kind?«, will er von ihm wissen.

»Kira Kovalenko. Ist beim Klauen erwischt worden. Na ja, das Übliche. Mutter ist schon da. Claudia unterhält sich gerade mit ihr.«

»Kovalenko? Der Name kommt mir bekannt vor. Und das Mädchen habe ich auch schon mal gesehen, als ich mit Dieter einen Hausbesuch gemacht habe. Das ist ja eine saubere Familie! Die Mutter von der Kleinen hatten wir neulich auf unserer Wache in Altona. Die haben wir nämlich ...«

Was sie haben, kann ich leider nicht mehr hören, denn in diesem Moment klingelt das Telefon auf dem Schreibtisch vor mir und übertönt das Gespräch.

»Mist«, denke ich, »Kira, wir müssen unbedingt wissen, was sie über deine Mutter erzählen!«

»Genau. Das ist unsere Chance! Ich hefte mich jetzt an die Fersen der beiden Polizisten! Ich wette, sie werden sich noch weiter über Mama unterhalten, und dann wissen wir Bescheid.«

»Aber pass bloß auf! Nicht, dass du noch im Tierheim landest. Dort soll es gar nicht schön sein!«

Kira streckt sich und rollt sich danach einmal um die eigene Achse. Ich meine fast, sie kichern zu hören.

»Quatsch! Ich habe es dir doch gesagt: Wir sind Agenten, und zwar Top-Agenten! Uns erwischt so schnell keiner!«

Und *zusch!* ist sie von der Schreibtischplatte auf den Boden gesprungen und aus dem Büro verschwunden. Donnerwetter, dieses Mädchen ist wirklich mutig!

»Also, Moment.« Tom kratzt sich nachdenklich am Kopf. »Nur dass ich es richtig verstehe: Deine Mutter ist Zigarettenschmugglerin und hat deswegen Ärger mit Vadim.«

Ich schüttle den Kopf.

»Falsch. Genau so ist es eben nicht.«

Zu dritt sitzen wir auf einer Schulhofbank und ich versuche, Tom und Pauli zu erklären, was ich auf der Polizeiwache herausgefunden habe. Oder besser gesagt: was Kira herausgefunden hat. Aber dieses Detail behalte ich lieber für mich. Ich bin mir nämlich nicht sicher, ob mir Pauli und Tom die Tatsache, dass ich *eigentlich* ein Kater bin, so ohne Weiteres abkaufen würden. Falsch: Ich bin mir sicher, dass sie es nicht tun würden. Und nicht nur das: Falls mich Tom und Pauli dann für völlig durchgeknallt hielten, hätte ich in meiner Klasse überhaupt keine Freunde mehr. Das Versöhnungseisessen mit dem Zickenclub von Leonie und Emilia ist schließlich grandios in die Hose gegangen. Als ich denen heute früh vor der Schule begegnet bin, haben sie so breit gegrinst, dass sie eine Banane quer hätten essen können. Bei meinem nicht vorhandenen Schnurrbart – das tat weh!

So sicher ich mir bin, dass Tom und Pauli die Katzengeschichte nicht glauben würden, so sicher bin ich mir übrigens auch, dass die beiden gar kein Verständnis für meine T-Shirt-Aktion hätten. Sie sind sowieso keine großen Fans von der fiesen Leonie. Dass ich für die Zickenclique bei einer saudoofen Mutprobe mitgemacht habe, ist mir vor ihnen echt peinlich. Deswegen verschweige ich, warum ich wirklich auf der Polizeiwache war, und tue so, als ob das nur mit meiner Mutter zusammenhing.

»Also: Auf der Wache habe ich zwei Polizisten belauscht. Und die haben sich darüber unterhalten, dass meine Mama verdächtigt wird, Zigaretten geschmuggelt zu haben. Das hat jedenfalls Vadim behauptet, als sie in unserer alten Wohnung die vielen Zigarettenpackungen gefunden haben. Er hat behauptet, meine Mutter sei der Kopf eines Schmugglerrings und er habe ihr nur aus Liebe geholfen. Alle Kontakte habe aber meine Mutter gehabt. Sie hätte auch immer den Nachschub an Schmuggelware bestellt. Er, Vadim, habe die Zigaretten nur ab und zu für sie verteilt. Damit hat er elegant die Hauptschuld auf meine Mama geschoben und deswegen haben wir jetzt den ganzen Ärger.«

Pauli legt die Stirn in Falten.

»Aber eins verstehe ich daran nicht: Wieso denn überhaupt Zigarettenschmuggel? Man kann Zigaretten an jeder Tankstelle oder in der Kneipe kaufen. Die braucht man doch nicht schmuggeln.«

»Klar«, gebe ich Pauli recht, »das stimmt natürlich. Aber die Zigaretten, die du hier im Laden kaufst, sind viel teurer als Schmuggelzigaretten. Weil man für die Tabaksteuer bezahlen muss.«

»Hä?« Tom und Pauli gucken mich ratlos an und sehen dabei in etwa so aus, wie Kira geklungen hat, als sie mir von dem Gespräch der Polizisten berichtet hat. Die konnte mit dem Begriff »Schmuggelzigaretten« und »Tabaksteuer« auch gar nichts anfangen. Und was soll ich sagen: Wie gut, dass ich so ein schlauer Kater bin! Denn ich habe in meinen Jahren mit Werner natürlich schon so manches Erwachsenengespräch verfolgt und bin voll im Bild. Deswegen kann ich Pauli und Tom nun erklären, was *Steuer* bedeutet.

»Es ist so: Steuern sind das Geld, das alle Menschen, die hier leben, an den Staat, also Deutschland, abgeben müssen. So kann der Staat wiederum alle Sachen bezahlen, die wir hier so brauchen. Etwa die Lehrer an den Schulen und die Erzieher in den Kindergärten. Jeder von uns zahlt Steuern, wenn er irgendwas einkauft. Dann geht nämlich ein Teil von dem Geld an Deutschland. Und bei den Zigaretten nennt man das Tabaksteuer. Wenn jemand also heimlich Zigaretten verkauft, dann sind die viel billiger als im Laden – weil nämlich Deutschland nichts von dem Geld abbekommt. Und das ist streng verboten und man kriegt richtig Ärger mit der Polizei, wenn man erwischt wird. Verstanden?«

»Puh«, seufzt Pauli, »so halbwegs. Also die Polizei verdächtigt deine Mutter, verbotenerweise mit Zigaretten zu handeln. Das stimmt aber nicht, sondern in Wirklichkeit ist allein Vadim der Böse.«

Ich nicke.

»Genau so ist es. Und er will nun nicht die Wahrheit sagen, weil er immer noch sauer ist, dass meine Mama ihn verlassen hat. Das ist das Problem.«

»Hm«, sagt Tom und kratzt sich dabei wieder am Kopf. »Vermutlich geht es nicht nur um Liebe, sondern auch um die spannende Frage, wie viel Zeit der gute Vadim im Knast verbringen muss. Wenn er deiner Mutter wirklich nur geholfen hätte, würde man ihn bestimmt nicht so streng bestrafen. Wir müssen also beweisen, dass Vadim der alleinige Schmuggler ist. Richtig?«

»Ja!«, kommt es von Pauli und mir im Chor.

»Pauli«, meine ich dann, »du hast doch gestern gesagt, dass wir Vadim eine Falle stellen müssten. Da wussten wir aber noch nicht, was genau er eigentlich verbrochen hat. Nun haben wir das herausgefunden. Kannst du jetzt nicht noch einmal über die Falle nachdenken?«

»Stimmt, das wolltest du gestern schon machen. Jetzt müsste es einfacher gehen!« In Toms Augen blitzt es unternehmungslustig.

»Ihr habt recht. Lasst mich mal nachdenken.«

Eine Weile sitzen wir schweigend nebeneinander auf der Bank. Dann springt Pauli auf.

»Ich hab's!« Sie grinst, sagt aber nichts mehr.

»Och, Pauli, nun komm! Raus damit!« Tom knufft ihr in die Seite. »Wenn du schon unser superschnelles Detektiv-Brain bist, dann darfst du uns auch nicht unnötig auf die Folter spannen.«

»Na gut. Ich glaube, wir müssen dafür sorgen, dass Vadim wieder anfängt, Zigaretten zu schmuggeln. Dann machen wir Fotos davon und zeigen sie der Polizei. So beweisen wir, dass Anna nicht die Schmugglerchefin ist und Vadim gelogen hat. Ganz einfach!«

»Klar, ganz einfach!« Tom klingt spöttisch. So, als würde er nicht meinen, was er sagt. Wundert mich nicht. Ich habe auch meine Zweifel. Wie in aller Welt sollen wir Vadim dazu bringen, wieder zu schmuggeln?

»Nun guckt nicht so düster!« Pauli grinst immer noch. »Hört euch lieber an, was ich mir überlegt habe.«

»Na gut«, stimme ich zu, »dann leg mal los!«

»Also: Wenn Vadim so viel Geld mit Zigaretten verdient hat, wird er das wieder tun, wenn er denkt, dass ein gutes Geschäft winkt. Die alten Zigaretten hat die Polizei einkassiert. Er muss sich also erst mal neue besorgen. Und das macht er bestimmt, wenn er glaubt, dass er die ganz schnell loswerden kann. Wenn also jemand bei ihm schon welche bestellt hat, verstanden? Wir müssen so tun, als wollten wir Zigaretten bei ihm kaufen. Dann muss er sich welche besorgen und wir können das fotografieren.«

»Aber wie soll denn das mit der Bestellung gehen?« Diesmal bin ich es, der skeptisch klingt. »Wir können doch nicht einfach bei ihm klingeln. Ich sowieso nicht, weil er mich kennt. Und außerdem verkauft der doch keine Zigaretten an Kinder. Da merkt er doch gleich, dass irgendwas faul ist!«

Pauli lacht.

»Wer sagt denn, dass er uns sieht, wenn wir die Zigaretten bestellen? Wir rufen ihn an und verstellen unsere Stimmen. Wenn er sich bei uns meldet und sagt, dass die Zigaretten da sind, schleichen wir uns heimlich bei ihm rein. Bestimmt hat deine Mutter noch einen Wohnungsschlüssel.«

Ich zucke mit den Schultern.

»Weiß nicht. Kann natürlich sein. Muss ich mal gucken.«

»Und wir brauchen Vadims Telefonnummer. Kennst du die?«, will Pauli wissen.

»Nee, weiß ich nicht.«

»Aber du hast doch auch da gewohnt«, wundert sich Tom. »Du musst doch wissen, wie man den Typen erreicht.«

»Äh ... ich ... nee. Weiß ich eben nicht. Aber ich kümmere mich drum.« Puh, noch ein paar Fragen in die Richtung und ich komme richtig ins Schwitzen. Ich beschließe, die Sache abzukürzen.

»Pauli, deine Idee ist spitze. Ich werde mich zu Hause gleich um die Telefonnummer kümmern. Und nach dem Schlüssel schaue ich auch. Wenn ich die Sachen zusammenhabe, legen wir los. Einverstanden?«

Tom und Pauli nicken und sehen nun ziemlich begeistert aus. Ich hoffe, dass ich sie nicht enttäuschen muss und die Sachen wirklich finde. Das wird schwierig. Anna kann ich schließlich nicht fragen. Die ist außerdem noch stocksauer wegen der T-Shirt-Geschichte. Auch wenn mich Kira geschickt durch das Krisengespräch mit ihrer Mutter gelotst hat – Tochter des Monats werde ich bei Anna momentan nicht.

Ach, was für ein Schlamassel! Warum ist es nur so verdammt kompliziert, ein Kind zu sein?

Warum schlecken sich Menschen eigentlich nie die Ohren ab?

Zu Hause werde ich schon dringend erwartet. Und zwar von Kira, über die ich fast stolpere, als ich in die Wohnung komme.

»Na endlich, da bist du ja!« Kira miaut aufgeregt.

»Ich war nur in der Schule. Da muss ich momentan jeden Tag hin – deinetwegen, falls du das vergessen haben solltest!«

»Schon gut, so war es nicht gemeint. Aber hier braut sich gerade etwas Ungutes zusammen und als Katze kann ich nichts dagegen machen.«

»Wieso? Was ist denn passiert?«

»Meine Mama ist kurz vorm Nervenzusammenbruch. Vorhin hat schon wieder die Polizei angerufen. Und jetzt weint sie und telefoniert mit Tante Olga. Auf Russisch! Das macht sie nur im alleräußersten Notfall, also wenn richtig Feuer unterm Dach ist!«

»Feuer unterm Dach? Oh Gott, dann müssen wir sofort die Feuerwehr rufen!« Ich merke, wie mein Puls anfängt zu rasen. Wie alle Katzen habe ich eine Heidenangst vor jeder

Art von Feuer. Erst recht, wenn es auf dem Dach meines eigenen Hauses lodert!

Kira kichert.

»Was ist denn daran so lustig? Ich rufe sofort die Feuerwehr!«

»Quatsch. Das war doch nicht wörtlich gemeint!«

»War es nicht?«

»Nein, natürlich nicht. Oder meinst du, dann würde ich hier noch so ruhig sitzen?«

»Na ja, immerhin habt ihr Menschen nicht ganz so große Angst vor Feuer.«

»Das stimmt. Aber irgendwie habe ich das Gefühl, dass ich immer mehr zur Katze werde. Also, ich meine, auch innerlich. Heute Morgen hatte ich sogar richtig Appetit auf Fisch. Den esse ich sonst nie!«

Ich weiß genau, wovon Kira spricht. Mir geht es da nicht anders. Heute in der Pause habe ich fast eine ganze Tüte Gummibärchen gegessen – dabei hätte ich das süße, zähe Zeugs früher nie angerührt. Feuer finde ich allerdings immer noch gefährlich – umso besser, dass Kira offenbar etwas anderes gemeint hat. Nur was eigentlich?

»Okay, aber wenn es nicht wirklich brennt, was ist dann los?«, will ich deswegen von ihr wissen.

»Wie ich schon sagte: Meine Mama ist ganz aufgeregt. Und ich bin mir ziemlich sicher, dass es wieder mit dieser Zigarettengeschichte zu tun hat. Oder mit deinem T-Shirt-Klau. Oder mit beidem.«

»Oh, dazu muss ich dir später auch noch etwas erzählen.

Aber zuerst erklär mir mal, warum du so dringend auf mich gewartet hast.«

»Ganz einfach: Wenn jemand meine Mama beruhigen kann, dann du. Also, damit meine ich natürlich mich. Kira eben. Meist beruhigt sich meine Mama schnell, wenn ich richtig lieb zu ihr bin. Dann geht es ihr gleich besser.«

»Äh, schon klar – aber wie ist man denn als Mädchen lieb zu seiner Mutter? Soll ich ihr die Ohren abschlecken? Das habe ich früher bei meiner Mutter immer gemacht.«

Kira kichert und dreht sich auf den Rücken.

»Die Ohren abschlecken? Na, da würde meine Mutter aber komisch gucken! Eine lustige Idee! Aber nee – Mama trösten geht anders. Komm, ich erklär's dir!«

Ich beuge mich zu Kira hinunter, hebe sie vorsichtig hoch und trage sie auf dem Arm zum Sofa. Zeit für eine Lehrstunde im Elternverstehen!

»Am besten ist es immer, Mama mit großen Augen traurig anzugucken«, meint Kira, während wir auf dem Sofa sitzen und uns die Sonne auf den Bauch scheinen lassen. »Das geht nur in deinem Fall leider nicht, weil sie dann garantiert merken würde, dass deine – also meine – Augen auf einmal grün sind. Diese Taktik musst du leider weglassen, aber es gibt noch genug andere Mittel und Wege, Mama um den Finger zu wickeln.«

»Na, hoffentlich! Falls Anna immer noch heult, wenn Werner nach Hause kommt, macht das die Sache nicht unbedingt besser. Er will bestimmt wissen, was hier los ist. Ich kenn doch meinen Professor, der lässt garantiert nicht locker! Und dann wird er sich einmischen, weil er helfen will. So ist er, mein Zweibeiner!«

»Uah – ich stelle mir gerade vor, wie Professor Hagedorn bei Vadim klingelt, um dem mal so richtig die Meinung zu sagen. Dann brennt hier nicht nur das Dach, sondern gleich das ganze Haus!« Diesmal muss sogar ich lachen – obwohl von Feuer die Rede ist. Bei meinen Samttatzen, ich werde noch ein richtiger Zweibeiner!

»Ja, das sollten wir verhindern. Am besten ist es, wir lösen das Problem allein. Also, wie kriege ich deine Mutter vom Kratzbaum herunter?«

»Hä? Was für ein Kratzbaum?« Kira schaut mich völlig verständnislos an.

Ich seufze. Dieses Mädchen hat wirklich keine Ahnung von Katzen. Na ja, außer dass sie gerade selbst eine ist. »Ich meine, wie schaffen wir es, dass sich deine Mutter wieder beruhigt?«, erkläre ich nachsichtig.

»Ach so, jetzt hab ich's kapiert! Also, richtig gut kommt es, wenn du ihr sagst, dass sie die liebste Mama der Welt ist und es dir furchtbar leidtut, dass sie deinetwegen solch einen Ärger hat.«

»Für meine Ohren klingt das ziemlich platt und dick aufgetragen, findest du nicht?«

Kira schüttelt den Kopf.

»Nein. Im Gegenteil. Für Eltern kann es gar nicht dick genug sein – die mögen so etwas!«

Ist es denn zu fassen? Ich glaube, ich wäre sehr misstrauisch, wenn jemand so zuckersüß bei mir ankäme.

»Du meinst also, mit so einer billigen Nummer kann ich bei deiner Mutter landen?« Kira nickt.

»Ja. Versuche dabei, möglichst kuschelig zu sein. Dann kann sie garantiert nicht widerstehen und fühlt sich bestimmt gleich besser.«

»Kuschelig sein? Also doch mit Ohrenablecken?«

»Was hast du nur mit diesem Ohrenablecken?« Kira klingt belustigt.

»Ja. So ein großer Schlecker links und rechts – das finde ich ziemlich kuschelig.«

»Nein. Das lass mal lieber. Kommt bestimmt nicht so gut an.« Schade. Ich hätte das gern mal ausprobiert.

»Am besten setzt du dich mit ihr auch aufs Sofa und legst deinen Kopf auf ihren Schoß. Wenn sie dann anfängt, dir die Haare zu streicheln, hast du schon gewonnen. Dann sagst du noch dein Sprüchlein auf, so von wegen dass es dir leidtut, und die Sache ist geritzt. Garantiert!«

»Okay, sobald deine Mutter mit Olga zu Ende telefoniert hat, werde ich sie ankuscheln und den reuigen Sünder geben. Wenn Werner nach Hause kommt, hat sie sich hoffentlich wieder beruhigt und alles ist in bester Ordnung. Hier in der Hochallee jedenfalls. Um Vadim müssen wir uns allerdings noch kümmern. Und da ist uns auch schon etwas eingefallen«, leite ich elegant zu dem Thema über, das mir unter den Krallen brennt. Oder brennen würde, wenn ich noch Krallen hätte.

»Wer ist denn *uns*?«, erkundigt sich Kira neugierig.

»Tom, Pauli und mir. Na gut, vor allem Pauli.«

»Oh nein – hängst du etwa immer noch mit denen rum?«

»Besser als mit Oberzicke Leonie«, entgegne ich trotzig. Ich merke, dass es mich gewaltig wurmt, wenn Kira etwas gegen Tom und Pauli sagt. Zum ersten Mal in meinem Leben spüre ich, dass mir jemand außerhalb der Hochallee 106a wichtig ist. Es ist nicht das gleiche Gefühl wie für meinen Professor und auch nicht wie für Kira, die mittlerweile schon zur Familie gehört. Nein, es ist eine andere Art von Verbundenheit. Ich freue mich, Tom und Pauli zu sehen, und ich ärgere mich, wenn Kira schlecht über sie redet. Da habe ich sofort den Wunsch, die beiden zu verteidigen. Ich bin mir sicher, umgekehrt würden sie es auch für mich tun. Und das ist schön! Ob das Freundschaft ist?

Kira seufzt.

»Winston, das verstehst du nicht. Du bist eben ein Kater, kein Mädchen. Es kann ja sein, dass Tom und Pauli nett sind. Aber sie sind eben so was von out, outer geht's nicht! Und wenn man sich zu sehr mit Außenseitern abgibt, ist man irgendwann selbst einer. So einfach ist das. Ich habe noch keine einzige Freundin in der Klasse, aber wenn Leonie nett zu mir wäre, dann würde ich bald richtig dazugehören. Und das ist einfach wichtig für mich, verstehst du?«

Ich nicke.

»Ja, das verstehe selbst ich, der alte Katzen-Einzelgänger. Und deswegen habe ich auch versucht, mich mit den Mädels anzufreunden. Ich hätte doch sonst nie ein T-Shirt geklaut! Das habe ich für dich gemacht! Aber wenn ich hier als weiser Kater mal einen Tipp geben darf: Die anderen müssen dich respektieren, sonst wird das mit der Freundschaft nichts. Und je kleiner du dich machst, um den anderen zu gefallen, desto weniger Respekt werden sie vor dir haben.«

Genau. Respekt. Seeehr wichtig! Ich mag zwar von Freundschaft nicht so viel Ahnung haben wie ein Mensch, aber mit Respekt kenne ich mich als Katze aus. Der ist unter Katzen entscheidend – siehe meine Erfahrungen mit den Hofkatzen. Schon bei dem Gedanken an Odette und ihre Freunde bekomme ich sofort richtig, richtig schlechte Laune. Aber damit muss ich mich später beschäftigen. Ich kann mich nicht um mehrere Probleme gleichzeitig kümmern. Und nun ist erst mal Vadim dran. Ich räuspere mich.

»Okay, mal abgesehen von diesem Freundschaftsding – Pauli und Tom haben eine tolle Idee, wie wir Vadim drankriegen könnten!«

»Ja?« Kira klingt interessiert.

»Ja. Wir stellen Vadim eine Falle. Einer von uns ruft ihn mit verstellter Stimme an und bestellt viele Zigaretten. Daraufhin wird Vadim ein gutes Geschäft wittern und welche besorgen. Und dann lassen wir ihn auffliegen.«

Kira legt den Kopf schief und mustert mich.

»Nicht schlecht, Winston. Nicht schlecht!«

»Wir brauchen nur noch zwei Sachen, die du besorgen musst: eine Telefonnummer von Vadim und seinen Wohnungsschlüssel. Pauli und Tom waren sich sicher, dass ich beides haben müsste. Ich habe dazu erst mal nichts gesagt, aber hoffe, das wird kein Problem.«

»Nein, das ist leicht zu besorgen. Die Telefonnummer kenne ich auswendig und den Schlüssel besorge ich, wenn du mit meiner Mama kuschelst. Dann ist sie genug abgelenkt. Dass ein Schlüssel von ihrem Bund fehlt, wird sie garantiert nicht so schnell merken.«

»Super! Also, wenn deine Mutter ihr Telefonat beendet hat, legen wir los. Du als Agent, ich als liebe Tochter!« Kira kichert schon wieder.

»Was ist daran so lustig?«, will ich von ihr wissen.

»Och, ich stelle mir gerade nur vor, wie du meiner Mama die Ohren abschleckst.«

Zigaretten, Ziegen und Chinesen. Und gute Werbung.

»Hallo, spreche ich mit Vadim?«

Tom hat ein Taschentuch über den Telefonhörer gestülpt und redet nun mit einer Stimme, die vermuten lässt, dass er schwer erkältet ist. Ich bin beeindruckt. Er klingt mit einem Mal viel älter. Hoffentlich lässt sich Vadim davon täuschen.

»Wer will das wissen?«, kommt eine dunkle Stimme aus dem Lautsprecher des Telefons.

»Das tut nichts zur Sache. Sagen wir einfach, ich heiße Joe«, erklärt Tom, ganz so, wie wir es vorher besprochen haben. »Und ich habe gehört, dass du Eins-a-Ware im Angebot hast.«

»Soso. Hast du gehört. Was willst du?«

»Kannst du mir fünfhundert Stangen *West* besorgen?« Tom klingt wirklich wie die Gangster, die ich schon im Fernsehen gesehen habe. Toll! Auch wenn ich nicht genau weiß, was *West* eigentlich bedeutet. Ist wohl eine bestimmte Zigarettenmarke, es scheint da Unterschiede zu geben. Pauli und Tom waren sich jedenfalls sicher, dass echte Profis immer eine Marke angeben, wenn sie Schmuggelzigaretten bestellen. Allerdings hüllt sich Vadim am anderen Ende der Leitung nun erst mal in Schweigen. Hm, war *West* vielleicht doch nicht die richtige Sorte?

»Ich hab nur die Ziege.« Ziege? Hä? Wir wollen doch keine Tiere kaufen, sondern Zigaretten. Selbst wenn das Schmuggeln von Ziegen auch verboten sein sollte – das passt nicht zu unserem Plan. Denn die bewahrt Vadim doch bestimmt nicht in seiner Wohnung, sondern auf der nächsten Wiese auf. Vadims Antwort gefällt mir also gar nicht. In diesem Moment mischt sich Kira ein. Ich habe sie mit zu unserem Geheimtreffen in Toms Haus genommen. Tom und Pauli haben sich zwar gewundert, aber sicher ist sicher. Schließlich ist Kira die Einzige, die Vadim kennt. Und das macht sich in diesem Moment bezahlt.

»Richtig, die Ziege!«, denkt Kira. »Vadim hatte immer Zigarettenpackungen mit einer Ziege drauf. Die hießen *Dim Sin* oder so. Hatte ich noch nie vorher gesehen. Wahrscheinlich handelt er mit denen.«

Schnell wiederhole ich laut, was mir Kira gerade gesteckt hat. Pauli stöhnt auf.

»Mensch«, flüstert sie, »das hättest du auch mal eher sagen können!« Tom nickt zustimmend, reagiert aber sofort.

»Tja, Vadim, die Ziege, na klar! Ich dachte halt, dass du noch besseren Stoff als die Ziege im Angebot hast. Aber notfalls nehme ich auch die.«

Miau, ist Tom cool! So eine Antwort wäre mir in hundert Jahren nicht eingefallen! Man hört Vadim schnaufen.

»Die Ziege ist top. Kein besseres Geschäft als mit der. Von wem hast du meine Nummer?«

»Vom Chinesen!«, denkt Kira.

»Vom Chinesen!«, flüstere ich daraufhin.

»Vom Chinesen!«, brummt Tom schließlich laut ins Telefon.

»In Ordnung. Dann fünfhundert Stangen. Schätze, ich brauche dafür zwei Tage. Ich melde mich.«

»Nein. *Ich* melde mich.«

»Na gut. Wie du willst. In zwei Tagen.«

Klick. Vadim hat aufgelegt. Uah, bei allen Sardinen, die ich schon verspeist habe – der Fisch scheint am Haken zu zappeln! Auch Tom und Pauli sind ganz aufgeregt.

»He, ich glaube, er hat's geschluckt!«, ruft Pauli und macht einen kleinen Luftsprung.

»Glaube ich auch!«, ruft Tom. »Aber wer zum Teufel ist der Chinese?«

Kira maunzt.

»Sag ihnen, das ist ein undurchsichtiger Typ, der ab und zu mal bei uns aufgekreuzt ist. In Wirklichkeit ist der wohl Vietnamese, doch Vadim hat ihn immer *den Chinesen* genannt. Es war nur so ein Gefühl, dass der damit etwas zu tun haben könnte. Ist aber anscheinend richtig.«

Ich erkläre es Tom und Pauli kurz, die mich daraufhin mit großen Augen angucken. Tom bläst die Backen auf und pustet dann laut los.

»Puh – das klingt schwer nach organisierter Kriminalität. Hoffentlich ist das für uns nicht eine Nummer zu groß.«

»Ach was!« Pauli stemmt die Hände in die Hüften. »Wir müssen doch gar nichts Besonderes tun! Übermorgen rufst du an. Und wenn er sagt, dass er die Zigaretten hat, dann schleichen wir mit dem Schlüssel von Kiras Mutter heimlich in die Wohnung, fotografieren sein Versteck und rufen die Polizei. Damit haben wir bewiesen, dass Vadim gelogen hat. Kiras Mutter ist aus dem Schneider, denn dann glaubt ihr die Polizei bestimmt. Ganz einfach!«

»Und was, wenn er die Zigaretten gar nicht mehr in der Wohnung versteckt, sondern woanders?«

»He, Tom, seit wann bist du denn so ein Miesepeter? Das wird schon alles klappen!«

»Hoffentlich … Ich will ja nur sichergehen, dass wir Kiras Mutter nicht noch mehr Probleme machen, als sie ohnehin schon hat. Denn schließlich«, sagt Tom und schaut mich mit einem sehr netten Lächeln an, »sind wir doch Freunde. Und Freunde helfen sich, wenn's brenzlig wird.«

Auf dem Rückweg von Tom ist Kira ungewöhnlich schweigsam. Ich frage mich, worüber sie wohl gerade nachdenkt. Kurz bevor wir in der Hochallee ankommen, rückt sie schließlich damit heraus.

»Okay, vielleicht ist das mit den Außenseitern auch Quatsch. Also, dass die einen runterziehen. Tom und Pauli sind jedenfalls schwer in Ordnung. Da hattest du echt den richtigen Riecher. Danke, Winston!«

Sie reibt ihren Kopf an meinen Beinen. Ich bücke mich und streichle über ihr Fell.

»Tja, wahrscheinlich ist es immer leichter, wenn es nicht um die eigenen Probleme geht. Ich komme zwar mit Tom und Pauli super aus, aber dafür mögen mich die Hofkatzen überhaupt nicht. Vor allem Odette … Die findet mich total doof! Ich wünschte, ich könnte das ändern.«

Kira schnurrt.

»Hm, warte mal. Vielleicht fällt uns für dein Problem auch eine Lösung ein. Lass mich kurz darüber nachdenken.«

»Tja, schön wär's. Aber ich fürchte, bei der Dame bin ich untendurch.«

»He, Winston, Kopf hoch! Ich dachte, du seist ein Kämpfer. Und außerdem habe ich schon eine Idee, wie wir dir helfen können. Hör zu: Wenn wir oben in der Wohnung sind, schnappst du dir meinen – also deinen – Napf und bringst den Katzen im Hof etwas zu essen. Und dann erzählst du ihnen, dass das ein Geschenk von Winston ist. Die verstehen doch, was Menschen sagen, oder?«

»Ja, klar. Ich habe dich ja auch verstanden, als ich noch ein Kater war.«

»Sehr gut. Stell Odette also den vollen Napf hin, mit den besten Empfehlungen quasi. Bei den Menschen kann man Frauen mit einer Essenseinladung sehr beeindrucken. Während sie dann leckere Geflügelleber mampft, erklärst du ihr, was für ein toller Kater Winston eigentlich ist. Was sagst du dazu?«

»Eigenlob stinkt.«

»Quatsch. Imagepflege ist alles. Es ist wie mit der Werbung. Angeblich finden sie alle doof, aber was man im Fernsehen sieht, ist trotzdem interessant.«

»Hofkatzen gucken kein Fernsehen.«

»Mann, Winston, sei nicht so negativ! Außerdem weiß Odette doch gar nicht, dass du *du* bist.«

Da hat Kira natürlich recht. Vielleicht ist ihr Plan also gar nicht so verkehrt. Und vor allem ist es immerhin ein Plan. Ich habe ja nicht mal den.

»Tja, wenn du meinst … dann mache ich das.«

»Gut so! Und wenn sie gefressen hat und du wieder weg bist, tauche ich irgendwann auf und erzähl ihr mal ein paar Sachen, die sie bestimmt gern hört. Du wirst sehen: Die kriegen wir schon auf deine Seite!«

»Ach ja? Aber woher willst du denn wissen, was Odette gern hört? Du bist doch gar keine Katze. Nicht so richtig, auf jeden Fall.«

Kira gibt ein prustendes Geräusch von sich.

»Mann, Winston! Ich meine doch nicht, was sie als *Katze* gern hört. Ich meine, womit man sie als *Frau* beeindruckt. Und damit kenne ich mich garantiert aus! Ich bin schließlich auch eine Frau. Wenn auch noch eine ziemlich junge. Aber das macht nichts. Ich glaube, ich weiß, wie das funktioniert.«

Wenig später stehe ich also tatsächlich mit einem Napf voll mit feinster Geflügelleber im Hof. Es riecht wirklich extrem verführerisch. Kein Wunder, dass die drei Hofbewohner Spike, Odette und Karamell schon auftauchen, bevor ich überhaupt an den Mülltonnen angelangt bin.

»Miez, miez, miez!«, rufe ich laut, obwohl ich als Katze diesen Lockruf immer oberbescheuert fand. Aber momentan fällt mir nichts Besseres ein. Denn ich bin doch ein wenig aufgeregt. Klar, Odette weiß gar nicht, dass ich Winston bin. Trotzdem sorgt der Gedanke an ein Gespräch mit ihr bei mir für Herzrasen.

Ich bücke mich und stelle den Napf auf den Boden. Dann hocke ich mich daneben und beobachte, wie die drei erst vorsichtig um ihn herumschleichen, nach kurzem Zögern aber kräftig zulangen. Bevor der Napf leer ist und die Katzen wieder abhauen, starte ich die Operation Imagepflege.

»Das ist übrigens eine Überraschung von eurem Freund Winston. Er lässt euch schön grüßen.«

Spike und Karamell fressen völlig unbeeindruckt weiter, aber Odette mustert mich. Erstaunt, wie es mir scheint. Wahrscheinlich fragt sie sich gerade, ob ich, also ob Kira womöglich eine Vollmeise hat. Aber das ist mir im Moment egal und ich quassele munter drauflos.

»Winston macht sich viele Gedanken um euch. Er ist nämlich ein sehr feiner Kerl und sehr rücksichtsvoll.«

Odette setzt sich und wendet den Blick nicht mehr von mir. *Vollmeise*. In ihren Augen kann ich ganz klar das Wort *Vollmeise* lesen. Mir doch wurscht!

»Ihr werdet es nicht glauben, aber heute Morgen hat er tatsächlich versucht, seinen Napf aus der Küche ins Treppenhaus zu schleppen. Mitsamt dem Futter! Und als ich dazukam, hat er laut miaut, ist dann auf die Fensterbank gesprungen und hat mit der Tatze in den Hof gedeutet. Da war mir sofort klar, was er will: euch Futter bringen!«

Ich nicke bedächtig und spreche langsamer, um meinen Worten noch mehr Gewicht zu verleihen. »Ja, Winston ist ein feiner Kerl. Das wird nur oft übersehen, weil er auch so schlau und vornehm ist. Da hält man ihn oft für arrogant und eingebildet. Das ist er aber gar nicht! Nein, er ist ein gaaanz feiner Kerl, ein ganz feiner!«

Okay, Winston. Das war jetzt vielleicht ein bisschen dick aufgetragen. Ich beschließe, dass es mit meiner Lobeshymne auf mich selbst nun reicht. Stattdessen strecke ich die Hand vor und kraule Odette am Hals und hinter ihren Ohren. Sie lässt es geschehen, kommt sogar ein Stückchen näher.

Es ist ziemlich schade, dass ich mich als Mensch nicht mit ihr unterhalten kann. Aber irgendwie habe ich das Gefühl, dass sie tatsächlich überlegt, ob Winston vielleicht doch nicht der aufgeblasene Fatzke ist, für den sie ihn bisher gehalten hat.

Sollte Werbung auch bei Katzen funktionieren? Selbst ohne Fernsehen? Erstaunlich!

Ein Plan wird in die Tat umgesetzt. Eigentlich eine sehr gute Idee. Eigentlich.

Zwei Tage später sitzen wir wieder in Toms Zimmer – Tom, Pauli, ich und natürlich Kira. Falls sich meine Freunde wundern, warum ich eigentlich immer meine Katze dabeihabe, lassen sie es sich jedenfalls nicht anmerken. Ich bin ziemlich nervös, meine Handflächen sind feucht. Allerdings gibt es dafür auch gute Gründe: Schließlich wird Tom gleich bei Vadim anrufen. Und wenn der die Zigaretten tatsächlich besorgt hat, dann tritt unser Plan in Kraft: Tom verabredet sich mit Vadim erst für morgen zur Übergabe – damit stellen wir sicher, dass Vadim die Zigaretten so lange zu Hause behält. Dann rufe ich Vadim an und verabrede mich mit ihm für heute Nachmittag an der Alster – so locken wir ihn aus dem Haus. Ich werde einfach behaupten, ich habe eine Nachricht von Anna für ihn und müsse sie ihm persönlich geben. Wenn er das Haus verlässt, gehen wir in seine Wohnung und suchen die Zigaretten. Die fotografieren wir, und zwar zusammen mit einer Tageszeitung, auf der man das Datum lesen kann. So können wir beweisen, dass Vadim immer noch schmuggelt. Das werden wir Vadim dann auch auf den Kopf zusagen – ihn damit *konfrontieren*, nennt Pauli das. Tolles Wort! Und wenn er nicht aufhört, Lügen über Anna zu verbreiten, werden wir mit den Fotos zur Polizei gehen. Aber wir hoffen natürlich, dass Vadim seine Falschaussage von allein zurückzieht, wenn er erkennt, dass er in unsere Falle getappt ist. Ein gigantomanischer Plan, oder?

Tom legt das Stofftaschentuch über den Hörer, holt tief Luft und wählt. Es klingelt nur kurz, bevor Vadim rangeht.

»Hallo?«

»Hallo, hier ist Joe.« Tom klingt wieder ganz lässig und entspannt. Teufelskerl! Ich verwette meinen Kratzbaum, dass Tom diesem Agenten 006 oder 7, für den Werner so schwärmt, in Sachen Abgebrühtheit in nichts nachsteht.

»Ich hab die Ware.« Vadim hingegen klingt angespannt. Aber das liegt vielleicht auch daran, dass der Lautsprecher des Telefons seine Stimme verzerrt.

»Gut. Ich habe die Kohle.« Diesmal mache ich nicht den Fehler wie mit den Ziegen: Ich weiß jetzt, dass Tom Geld meint und nicht etwa Briketts, mit denen man im Sommer den Grill anschmeißen kann. Als schlauer Kater lerne ich schließlich schnell!

»Dann lass uns um fünf Uhr treffen. Auf dem Parkplatz vom *TOOM-Markt*. Kennst du den?«, will Vadim wissen.

»Kenn ich. Aber heute schaff ich es nicht. Lass uns morgen um fünf treffen.«

Aufgeregt halte ich die Luft an. Hoffentlich geht Vadim darauf ein und schöpft nicht etwa Verdacht!

»Okay, morgen, fünf Uhr, *TOOM-Markt*.«

»Wie erkenne ich dich?«

»Schwarze Lederjacke. Stehe bei den Einkaufswagen.«

»Gut. Ich trage ein rotes Basecap. Bis morgen!«

Klick. Diesmal hat Tom zuerst aufgelegt. Aber das war auch seine Taktik: Kein Wort zu viel, sonst verrät man sich noch!

»Uff«, sagt Pauli und wischt sich melodramatisch den Schweiß von der Stirn. »Teil eins hat schon mal geklappt. Jetzt ist Kira dran. Hast du dein Handy mit?« Ich nicke. Erst hatten wir beschlossen, dass ich Vadim mit unterdrückter Telefonnummer anrufe, so wie es Tom gemacht hat. Aber dann dachten wir, dass es eigentlich ganz gut ist, wenn er gleich sieht, wer bei ihm durchklingelt.

Meine Hand zittert ein bisschen, als ich Vadims Nummer eintippe. Es klingelt wieder nur kurz, dann geht Vadim ran.

»Kira!«, ruft er und klingt überrascht, aber eigentlich ganz freundlich. »Was gibt's? Wie geht es Anna?«

»Gut«, sage ich knapp, denn ich habe nicht vor, mich von dem Verbrecher in ein Gespräch verwickeln zu lassen. »Hör mal, Vadim, ich muss dich heute treffen. Ich habe eine Nachricht von Mama an dich und ich muss sie dir persönlich geben.«

»He, warum machst du so ein Geheimnis? Was ist los?«

»Das kann ich dir nur persönlich sagen. Also, hast du Zeit?«

»Ja. Um fünf. Ein anderer Termin ist gerade geplatzt.«

»Dann treffen wir uns bei *Bodos Bootssteg* an der Alster.

Das ist ein Café. Du kannst es nicht verfehlen. Es ist direkt am Fähranleger Alte Rabenstraße.«

Tom und Pauli haben sich überlegt, dass es schlau wäre, Vadim möglichst weit von seiner Wohnung wegzulocken. Zur Alster braucht er locker eine halbe Stunde hin und eine halbe zurück. Wir haben also genug Zeit für unsere Hausdurchsuchung mit Fototermin.

»*Bodos Bootssteg*? Na gut, warum nicht. Vielleicht lade ich dich zu einem Eis ein.« Vadim klingt blendend gelaunt und will bei Kira offensichtlich gut Wetter machen. Perfekt! Der ahnt schon mal nichts! Ich bedanke mich für sein Angebot, dann lege ich auf. Und fühle mich auf einmal wirklich wie ein Agent!

»Da! Das ist er!« Kira wedelt ganz aufgeregt mit ihrem Schwanz hin und her, als ein ziemlich großer, ziemlich unsympathisch aussehender Mann das graue Mehrfamilienhaus verlässt, vor dem wir schon fast eine halbe Stunde herumlungern. Gut versteckt durch ein Gebüsch haben wir darauf gewartet, dass Vadim endlich herauskommt, um zur Alster zu fahren und sich dort mit Kira zu treffen.

»Das ist Vadim!«, informiere ich Pauli und Tom.

»Okay! Lass uns warten, bis er um die Ecke ist – und dann los!« Tom scheint richtig heiß auf unseren Einsatz zu sein. Ich muss zugeben, dass ich noch ein bisschen ängstlich bin. Immer wieder umfassen meine klammen Finger den Wohnungsschlüssel, der in meiner Hosentasche steckt und den ich Anna von ihrem Schlüsselbund geklaut habe.

Als von Vadim schließlich nichts mehr zu sehen ist, kommen wir aus unserem Versteck gekrabbelt. Kira läuft vorweg und ich kann einfach so tun, als würde ich mich hier bestens auskennen.

»Na, 'ne tolle Gegend ist das hier nicht gerade«, bemerkt Pauli spöttisch, als wir auf das Haus zugehen. Sie hat recht: Während die Hochallee eigentlich nur aus wunderschönen gepflegten Villen besteht, sieht es hier ganz schön rumpelig aus. Der Vorgarten des Hauses ist ungepflegt, leere Dosen und Zeitungen liegen herum, das Unkraut sprießt. Die Hausfassade ist vollgekritzelt und den Gehsteig könnte auch mal jemand fegen. Hier möchte ich wirklich nicht wohnen! Tom runzelt die Stirn.

»Mann, Pauli, du klingst schon wie die doofe Leonie oder eine ihrer Anhängerinnen! Es haben eben nicht alle Leute so viel Kohle wie in unserer Gegend. Heißt ja nicht, dass die hier nicht genauso nett sind.«

»Prrr! Tom, unser Arztsohn! Immer auf der Seite der Armen.« Pauli kichert. »Nee, die sind hier bestimmt alle richtig nett. Vor allem der Vadim!«

»Die sollen sich mal konzentrieren!« Kira klingt genervt. »Gedanken über die Unterschiede zwischen armen und reichen Ecken in Hamburg können wir uns noch machen, wenn wir wieder zu Hause sind. Wir sollten hier mal Gas geben!«

Stimmt genau. Gas geben! Ich treibe meine Freunde an.

»Also, nun lasst uns endlich den Job erledigen, für den wir hergekommen sind!« Ich schließe die Haustür auf. *Miau!* Der Schlüssel passt. Sehr gut!

»Dritter Stock, rechte Tür!«, dirigiert mich Kira. Ich laufe los, Tom und Pauli hinterher. Vor der Wohnungstür bleibe ich stehen und hole tief Luft. Jetzt geht's um die Wurst! Ich stecke den Schlüssel vorsichtig ins Schloss.

Klick, klick! Die Tür öffnet sich und wir stehen im kleinen Flur einer noch kleineren Wohnung. Jedenfalls kommt sie mir im Vergleich zu Werners Wohnung so vor. Die Decken sind viel niedriger, auf dem Boden liegt ein ausgeblichener grauer Teppich, und das Zimmer, das wir direkt vor uns sehen, ist in etwa so groß wie der Vorratsraum unserer Küche. Gut, vielleicht ein bisschen größer, aber nicht viel. Zwei weitere Türen gehen noch vom Flur ab, das war's. Kann man hier wirklich zu dritt wohnen? Mit drei Menschen, wohlgemerkt? Aber vielleicht hat Odette auch recht und ich bin wirklich nur verwöhnt.

Kira läuft geradewegs in das kleine Zimmer vor uns.

»Lass uns im Schlafzimmer anfangen! Wir sollten systematisch Schrank für Schrank durchsuchen. Irgendwo müssen die Zigaretten schließlich sein, wenn Vadim sie in der Wohnung versteckt hat.«

Ich folge ihr ins Zimmer und öffne eine Tür des Schranks, vor den sich Kira gesetzt hat.

»Also, fangen wir mal hier an!«, rufe ich Tom und Pauli zu, bevor ich meinen Kopf im Schrank versenke. Auf den ersten Blick sehe ich nichts, auf den zweiten auch nicht. Mist!

»Hm, ich glaube, hier sind sie schon mal nicht. Wir müssen woanders suchen.«

»Alles klar! An die Arbeit!« Tom klingt nicht im Geringsten entmutigt, sondern so, als würde ihm die Geschichte hier richtig Spaß machen. Gemeinsam mit Pauli öffnet er vorsichtig die Türen der anderen Schränke in dem kleinen Raum. Aber auch hier: Fehlanzeige!

»Kommt, wir suchen jetzt mal Raum für Raum ab«, schlägt Pauli vor. »Oder hast du noch einen bestimmten Verdacht, Kira? Irgendein Versteck oder so was in der Richtung?«

»Äh … also …« Ich versuche durch Stammeln etwas Zeit zu gewinnen und schiele in Richtung Katze. Fällt ihr noch etwas ein?

Ja, tut es!

»Hm, eine Idee habe ich tatsächlich noch. Vadim hat vor Kurzem die Dielen in der Küche ausgetauscht. Ich habe ihm geholfen. Die Bretter haben so einen Unterbau, eine Art Holzgitter, wo man tatsächlich etwas verstecken könnte. Wir haben noch Witze darüber gemacht, dass das ein gutes Versteck für Schmuck und Geld wäre, wenn wir welches hätten. Vielleicht dort?«

»Äh, wir sollten mal unter die Dielen in der Küche gucken«, schlage ich also vor. »Die sind neu verlegt. Vielleicht können wir eine hochheben. Zigarettenstangen würden jedenfalls drunterpassen.«

Wir laufen in die Küche und Tom beginnt, auf den einzelnen Dielen herumzuhämmern. Die dritte oder vierte, die er erwischt, gibt tatsächlich nach. Er zieht sie hoch und: heilige Ölsardine! Zigarettenstangen! Und zwar so viele, dass ich sie gar nicht so schnell zählen kann!

»Bingo!«, jubelt Pauli. »Jetzt haben wir ihn!«

Tom zieht noch eine Diele hoch – das gleiche Bild: wieder jede Menge Zigarettenstangen! Und alle tragen auf der Vorderseite das Bild einer Ziege. »Unsere« Ware, kein Zweifel.

»Schnell, die Kamera und die Zeitung!«, ruft Tom mir zu und ich laufe zurück in den Flur, wo ich den Beutel mit unserer Ausrüstung abgelegt habe. Ich will ihn mir gerade schnappen, als die Wohnungstür geöffnet wird. Nein, das darf nicht wahr sein … das ist doch nicht … Vadim!

Ich bin vor Schreck wie versteinert. Grundgütiger Katzengott! Bitte mach, dass ich mir das alles nur einbilde!

Was Verbrecher mit Schnürsenkeln zu tun haben? Manchmal eine ganze Menge.

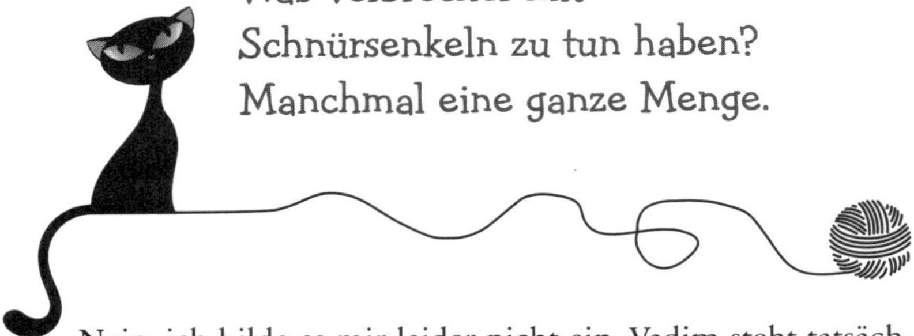

Nein, ich bilde es mir leider nicht ein. Vadim steht tatsächlich vor mir. Das heißt, er steht nicht mehr, sondern macht einen Schritt auf mich zu und packt mich stinkwütend am Arm.

»Was soll das?«, schreit er mich an. »Ich denke, du wartest bei *Bodos Bootssteg* auf mich? Ich bin nur kurz zurückgekommen, weil ich mein Geld vergessen habe – ich wollte dich doch einladen. Also, was machst du hier?« Die Adern an Vadims Hals schwellen bedenklich an, was ihm einen furchterregenden Anblick verleiht.

»Ich, äh, also …« Da habe ich den Heringssalat! Mir fällt absolut nichts ein, womit ich meine Anwesenheit hier sinnvoll erklären könnte. Außer mit der Wahrheit natürlich – aber die würde ich Vadim ungern auf die Nase binden.

Das ist auch leider gar nicht nötig, denn in diesem Moment kommt Tom aus der Küche und stolpert fast über Vadim.

»Oh, Scheibenkleister!«

Vadim blickt zwischen Tom und mir hin und her, dann

stürmt er an uns vorbei in die Küche und bleibt vor dem Loch im Boden stehen. Er bückt sich und hebt eine der Zigarettenstangen hoch. Ob der Hauch einer Chance besteht, dass er nicht gleich begreift, was er dort sieht?

»Ach, das habt ihr euch ja fein ausgedacht! Lasst mich raten, der Milchbubi hier ist Joe, richtig? Und jetzt wollt ihr bei den Bullen Alarm schlagen, was? Kira, Kira, das hätte ich dir echt nicht zugetraut!«

Schade. Doof ist Vadim leider nicht. Unseren Plan hat er jedenfalls sofort durchschaut. Über sein Gesicht breitet sich ein Grinsen aus.

»Es wird auch Alarm bei den Bullen geben, das schwöre ich euch. Aber nicht so, wie ihr euch das vorstellt!«

Er packt mich wieder am Arm und zerrt mich ins Schlafzimmer. Völlig verdattert bleibe ich dort stehen und sehe zu, wie er auch Tom und Pauli zu mir in den Raum schubst. Dann verpasst er Kira einen Tritt, sodass sie fauchend zu uns rennt, schmeißt die Tür zu und schließt sie von außen ab. Wir sitzen in der Falle!

»Jetzt hört mir mal gut zu, meine Lieben!«, brüllt Vadim durch die Tür. »Ich werde Anna anrufen und ihr von der kleinen Überraschung erzählen, die hier auf mich gewartet hat. Und dann werde ich ihr klarmachen, dass sie besser zur Polizei geht und endlich ein verdammtes Geständnis ablegt, das zu meiner Aussage passt. Und sie wird es noch ein bisschen ergänzen. Und zwar wird sie sagen, dass ich mit dem ganzen Schmuggel überhaupt nichts zu tun hatte. Dass sie es ganz allein war!«

»Das wird sie niemals tun!«, ruft Tom empört. Vadim grinst.

»Weißt du, ich glaube schon, dass sie das tun wird. Denn sonst sieht sie ihr braves Töchterlein nicht so hübsch wieder, wie sie es gewohnt ist.«

Oh nein, das ist ja eine Katastrophe! Nun haben wir alles viel schlimmer gemacht, als es ohnehin schon war. Ich nehme meinen ganzen Mut zusammen, um Vadim von seinem Plan abzubringen.

»Also, wenn du das zu meiner Mutter sagst, kehrt sie garantiert nie wieder zu dir zurück. Und das ist es doch, was du eigentlich wolltest.«

»Tja, Kira, die Zeiten ändern sich. Inzwischen will ich nur noch, dass deine Mutter die ganze Schuld auf sich nimmt. Das erspart mir mindestens ein Jahr im Knast. Bestimmt Zeit genug, eine andere nette Frau kennenzulernen!« Er lacht laut und bösartig. »Ach, und bevor ihr auf dumme Gedanken kommt: Legt eure Handys auf die Türschwelle, damit ich sie einsammeln kann. Ich zähle bis drei, dann schließe ich noch mal auf. Und wenn ich dann keine Handys dort liegen sehe, werde ich wohl die Katze aus dem Fenster schmeißen müssen, damit ihr wisst, dass ich es ernst meine!«

Geschockt gucken wir uns an. Der ist ja total verrückt! Hektisch kramen wir unsere Handys aus den Taschen.

»So, jetzt noch der Schlüssel! Aber zack, zack!«

Schnell lege ich den Bund neben die Handys auf die Türschwelle. Vadim greift sich die Sachen, dann knallt er die

Tür zu und schließt wieder ab. Wir hören seine Schritte im Flur und die Wohnungstür ins Schloss fallen. Er ist tatsächlich gegangen und lässt uns hier eingesperrt zurück.

Eine Weile sagt keiner von uns ein Wort. Schließlich räuspert sich Tom.

»Mann, Mann, Mann – das haben wir aber ganz schön vergeigt. Was machen wir denn jetzt?«

Ich zucke mit den Schultern.

»Weiß nicht.« *Am liebsten würde ich auch heulen*, füge ich in Gedanken hinzu.

»Sag mal«, fragt mich Pauli, »meinst du, deine Mutter lässt sich tatsächlich von Vadim erpressen?«

»Ich fürchte schon. Welche Mutter würde nicht aus Angst um ihr Kind alles machen, was man von ihr verlangt?«

»He, Winston, nicht aufgeben!«, will Kira mir Mut machen. »Uns wird schon etwas einfallen. Wir müssen auf alle Fälle verhindern, dass meine Mama zur Polizei geht!«

»Ja, aber wie?«, sage ich laut. Tom und Pauli schauen mich verwundert an.

»Redest du mit uns?«, will Pauli wissen.

»Äh, ich habe nur laut gedacht. Ich überlege, wie wir verhindern könnten, dass meine Mutter zur Polizei geht.«

»Ist doch klar: Wir müssen hier so schnell wie möglich raus!«, meint Pauli.

»Richtig. Aber wie sollen wir das machen? Vielleicht die Tür eintreten?«, schlage ich vor. Tom nickt und wirft sich sofort mit vollem Schwung gegen die Zimmertür. Es kracht heftig, sonst passiert nichts.

»Aua!« Tom reibt sich die Schulter. »Die Tür ist bombenfest. Ich glaube nicht, dass wir die aufbekommen. Aber was ist denn mit dem Fenster? Vielleicht können wir rausklettern?«

Wir öffnen es und gucken raus.

»Hm, ziemlich hoch. Eben dritter Stock. Wenn man es auf den Balkon der Nachbarn schafft, kann man sich vielleicht runterhangeln, aber einfach wird das nicht. Und wenn wir runterfallen, sind wir so platt wie Kartoffelbrei«, stellt Pauli trocken fest.

»Ich hab's!« Mit einem Satz springt Kira auf das Fensterbrett und wirft einen Blick nach draußen. »*Ich* werde nach unten klettern! Bis zum Balkon von Familie Petkovic schaffe ich es locker und dann hüpfe ich von Balkon zu Balkon, bis ich unten bin.«

»Tja, schöne Idee«, denke ich diesmal leise, um Pauli und Tom nicht zu verwirren, »aber wie willst du Hilfe holen? Du kannst nicht sprechen, schon vergessen?«

»Natürlich nicht. Aber wie wäre es, wenn ihr mir eine Nachricht mitgebt? Zum Beispiel, indem ihr mir einen Zettel um den Hals bindet? Am besten laufe ich damit zu Werner.«

»Zu Werner? Aber der sollte doch von der ganzen Geschichte nichts mitbekommen!«

»Stimmt. Aber die Lage hat sich leider ziemlich verschlechtert und wir brauchen jetzt einen Erwachsenen, der einen kühlen Kopf bewahrt.«

»Na gut. Vielleicht ist die Idee wirklich nicht schlecht. Ich bespreche es mit Tom und Pauli.« Ich drehe mich zu den beiden um.

»Ich hab's! Wir könnten Winston einen Zettel um den Hals binden und ihn aus dem Fenster lassen. Dann hangelt er sich zum Boden – das ist für ihn als Kater kein Problem. Wenn er unten angekommen ist, holt er Hilfe, und wir werden gerettet!«

Pauli und Tom gucken skeptisch.

»Aber woher wissen wir denn, dass Winston wirklich den nächsten Menschen ansteuert und der uns auch rettet?«

»Winston ist sehr schlau. Ich erkläre es ihm vorher genau. Ihr werdet schon sehen – das klappt!«

Tom legt den Kopf schief und denkt nach.

»Andererseits – zu verlieren haben wir schließlich nichts. Schlimmstenfalls haut der Kater einfach ab. Brauchen wir also nur noch einen Zettel, einen Stift und eine Schnur.«

Wir sehen uns in dem kleinen Zimmer um. Leider lässt die Büroausstattung zu wünschen übrig. Auf einem der Schränke finden wir immerhin einen alten Briefumschlag. Beim Stift hingegen Fehlanzeige.

»Wartet mal, ich habe immer einen Kajalstift dabei.« Pauli zieht einen Stummel aus ihrer Hose und zeigt ihn uns. »Der verschmiert zwar ein bisschen, aber besser als nichts.«

»Gute Idee. Und als Schnur opfere ich jetzt einen Schnürsenkel«, erklärt Tom und beginnt sofort, einen seiner Chucks auszuziehen.

Pauli gibt mir den Kajal. Ich überlege kurz und beginne dann zu schreiben:

Lieber Werner,
ich bin von Vadim entführt worden. Er hält mich in seiner Wohnung in der Sethmannstr. 12, 3. Stock rechts, gefangen und will Mama erpressen. Bitte hilf mir!
Kira

Tom schielt über meine Schulter.

»*Lieber Werner*? Woher willst du denn wissen, dass Winston jemanden zu Hilfe holt, der Werner heißt?«

»Werner ist der Professor, für den meine Mutter arbeitet. Wir wohnen bei ihm in der Hochallee und Winston ist sein Kater.«

»Aha. Aber von hier bis in die Hochallee ist es richtig weit. Das schafft dein Kater nie. Oder jedenfalls nicht schnell genug.«

»Mit der U-Bahn braucht er nur zwanzig oder dreißig Minuten.«

Pauli und Tom fangen an zu lachen.

»Mit der U-Bahn? Du glaubst doch nicht etwa, dass der Kater U-Bahn fährt! Er mag ein schlaues Kerlchen sein, aber damit überforderst du ihn doch etwas.«

»Lacht ihr nur«, erwidere ich eingeschnappt. »Ich weiß, dass Winston das kann. Katzen können alles.« Jawoll!

»Reg dich nicht auf!«, beruhigt mich Kira. »Ist doch logisch, dass sie dir nicht glauben. Ich schaffe das schon.«

»Bei meinem Fressnapf – ich hoffe, du hast recht! Aber bitte melde dich zwischendurch mal, damit ich weiß, dass alles in Ordnung ist!«

»Mach ich. Und jetzt los – wir haben keine Zeit zu verlieren. Wenn meine Mama erst bei der Polizei war, ist es zu spät!«

Ich nehme den Briefumschlag, ziehe den Schnürsenkel durch ein kleines Loch, das ich zuvor gebohrt habe, und binde das Ganze schließlich um Kiras Katzenhals. Dann nehme ich sie auf den Arm, öffne wieder das Fenster und setze sie vorsichtig auf das Fensterbrett. Kira zögert nur kurz, dann macht sie einen Satz und landet sicher auf dem Nachbarbalkon. Ruck, zuck hangelt sie sich nach unten und ist kurze Zeit später tatsächlich am Boden angekommen. Uff, das wäre schon mal geschafft.

Pauli und Tom blicken ihr hinterher.

»Also, wenn dein Kater das schafft, dann fress ich 'nen Besen.« Besonders zuversichtlich klingt Tom nicht. Ich bin es, offen gestanden, auch nicht. Was haben wir da bloß angezettelt!?

Mit Speck fängt man Mäuse. Und beim Menschen nimmt man einfach etwas anderes.

Komm schon, Kira, melde dich! Ich weiß nicht, wie oft ich das in der vergangenen Stunde gedacht habe. Aber leider keine Antwort. Überhaupt keine. Hoffentlich ist ihr nichts passiert. Vielleicht lag Tom richtig und als Katze kann man gar nicht U-Bahn fahren! Vielleicht wird man dann gleich eingefangen und ins Tierheim verfrachtet! Auweia – Kira, melde dich endlich!

»Alles in Ordnung bei dir?« Pauli streicht mir über den Arm. Ich hebe den Kopf und schaue sie an.

»Wieso? Alles gut hier. Ich sitze mit meinen Freunden eingesperrt in der Wohnung des Exfreundes meiner Mutter, niemand hilft uns und wahrscheinlich kommt der Typ gleich zurück und vermöbelt uns. Also, alles bestens.« Ich fange an zu weinen. Es fühlt sich gut an. Erleichternd.

Tom setzt sich neben mich auf den Boden und legt seinen Arm um meine Schultern.

»He, Kira, komm schon! Wir schaffen das! Und bestimmt hat dein Kater bereits Hilfe geholt. Alles wird gut, du wirst sehen.«

Klick, klick. Der Schlüssel wird in der Wohnungstür gedreht. Das bedeutet nichts Gutes, denn einen Schlüssel zur Wohnung hat jetzt nur noch Vadim. Kurz darauf steht er auch schon vor unserer Tür, schließt auf und öffnet sie einen Spalt.

»So, ich erreiche deine Mutter nicht. Da werdet ihr also noch ein bisschen hierbleiben müssen.«

In diesem Moment klingelt es.

»Hä?«, brummt Vadim, »Besuch?« Er zieht die Tür wieder zu und schließt ab. »Keinen Mucks da drinnen! Klar?«

Mein Herz fängt an zu rasen. Ob das Werner ist? Werden wir nun vor diesem Verrückten gerettet? Tom und Pauli tauschen Blicke.

»Na also«, flüstert Pauli. »Das wurde aber auch Zeit.« Tom nickt.

»Hoffentlich ist das wirklich Hilfe. Langsam habe ich keine Lust mehr auf diese Entführungsnummer!«

»Wer ist da?«, hören wir Vadim im Flur rufen.

»Hagedorn mein Name«, erklingt eine sehr bekannte Stimme. »Darf ich kurz reinkommen?«

Werner! Endlich! ENDLICH!

»Nein, das passt mir gerade nicht. Außerdem habe ich deinen Namen noch nie gehört.«

»Es dauert nur einen Moment. Ich habe eine wichtige Frage.«

»Hau ab!«

Nein, bitte, bitte, lieber Werner, lass dich nicht abwimmeln! Du musst uns helfen, unbedingt!

»Also dann gehört das ganze Geld hier draußen nicht Ihnen?«

»Welches Geld?«

»Na, hier vor Ihrer Tür. Bestimmt zweitausend Euro. Aber dann sammle ich es besser ein und bringe es mal zur Polizei.«

Kurz darauf hören wir die Wohnungstür klappen. Dann ein Stimmengewirr. Es poltert und die Tür wird wieder zugeschlagen. Schließlich hämmert es kräftig.

»He, lassen Sie mich rein!« Vadims Stimme. Er ist richtig wütend, das hört man. Aber er scheint nicht mehr im Wohnungsflur, sondern im Hausflur zu stehen. Was ist passiert?

»Kira, wo bist du?« Werners Stimme. Und er ist eindeutig in der Wohnung. Hurra! Mein Herz macht einen Sprung!

»Hier! Wir sind hier!«, rufe ich. »Vadim hat uns eingeschlossen. Gehen Sie geradeaus!«

Tom und Pauli beginnen, an die Tür zu hämmern. Der Schlüssel wird im Schloss gedreht, dann endlich öffnet sich die Tür und Werner steht davor. Ich falle ihm um den Hals.

»Danke, danke, danke!«, rufe ich und muss schon wieder ein bisschen weinen. Beim großen Katzengott – als Mensch bin ich echt eine Heulsuse!

Werner drückt mich kurz, dann lässt er mich wieder los.

»Mensch, Kira, was machst du für Sachen? Sind das deine Freunde?« Er deutet auf Tom und Pauli.

»Ja, meine besten Freunde – Tom und Pauli! Sie haben mir geholfen, Vadim eine Falle zu stellen. Hat nur leider nicht ganz geklappt.«

Tom und Pauli winken Werner zu. Der nickt knapp.

»Was für eine Falle? Und warum? Und wie habt ihr Winston dazu bekommen, mir diese Botschaft zu bringen? Na egal, das könnt ihr mir hinterher erklären. Jetzt müssen wir erst mal mit dem da draußen fertig werden.« Er deutet zur Wohnungstür, gegen die Vadim immer noch bollert und hämmert. »Ich konnte ihn zwar mit dem alten Geldtrick reinlegen, aber irgendwann müssen wir ja mal aus der Wohnung raus. Und er macht auf mich nicht den Eindruck, als würde er uns zum Abschied nur die Hand schütteln wollen. Am besten rufe ich die Polizei an.« Werner zückt sein Handy und tippt eine Nummer ein.

»Hallo? Hagedorn am Apparat. Ich habe hier einen Notfall …«

Im Nachhinein ging dann alles ganz schnell. Keine zehn Minuten nach Werners Anruf stürmten vier Polizisten den Hausflur und überwältigten den völlig verdutzten Vadim. Eine fünfte Polizistin kam danach zu uns in die Wohnung und ließ sich die ganze Geschichte von uns erzählen und auch das Zigarettenversteck zeigen. Danach fuhren wir gemeinsam auf die Polizeiwache. Tja, und hier sitzen wir nun und geben alles noch einmal der Reihe nach zu Protokoll.

Werner, der uns begleitet, schüttelt zwischendurch immer wieder den Kopf und murmelt etwas, das wie *Ihr wart so leichtsinnig!* klingt, sagt aber sonst nichts dazu.

»Kinder, Kinder, da habt ihr ja ganz schön was angezettelt!«, stellt die Polizistin am Ende unserer Aussage fest, lächelt aber milde. »Wenn ihr das nächste Mal denkt, dass ihr einem Verbrecher auf der Spur seid, dann ruft bitte gleich die Polizei an. Was da alles hätte passieren können!«

»Das stimmt schon«, räume ich ein, »aber wir mussten doch beweisen, dass Vadim gelogen hat, damit Sie meiner Mutter endlich glauben.«

Jetzt lächelt die Polizistin.

»Ich muss zugeben, dass euch das gelungen ist. Diesen Vadim haben wir nun endlich hinter Schloss und Riegel gebracht!«, sagt die Polizistin bestimmt. »Ihr könnt also ganz beruhigt nach Hause fahren und euch ausruhen.« Sie schaut den Professor an. »Die Kinder sehen sehr, sehr müde aus.«

Stimmt. Ich bin unglaublich müde. Und besorgt. Denn von Kira habe ich nichts mehr gehört, seitdem ich sie aus dem Fenster gesetzt habe. Klar, sie ist heil bei Werner angekommen. Aber warum meldet sie sich bloß nicht bei mir?

Ursachenforschung.
Oder: Warum es immer gut ist, einen Professor für Physik im Haus zu haben.

»Da bist du ja! Ich habe dich schon überall gesucht – warum antwortest du denn nicht, wenn ich an dich denke? Ich habe mir richtig Sorgen um dich gemacht!«

Ich habe Kira in Annas Zimmer aufgestöbert. Sie liegt zusammengerollt auf dem Bett und rührt sich nicht. Als ich mich neben sie auf die Bettkante setze und sie streichle, hebt sie den Kopf und schaut mich an.

»Ich will keine Katze mehr sein. Ich will wieder ich sein. Und ich will mich wieder von Mama trösten lassen. Als sie dich eben so lieb begrüßt und im Arm gehalten hat, bin ich richtig eifersüchtig geworden.«

»Und deswegen liegst du hier im Bett?«

»Ich liege auf Mamas Kissen. Das riecht so gut nach ihr.« Kira seufzt. »Ach, Winston! Ich glaube, ich habe gerade ganz schlimmes Heimweh nach meinem alten Ich.«

Heimweh. Was soll das nun wieder sein?

»Wie fühlt sich denn Heimweh an?«, will ich von ihr wissen.

»Das ist schwer zu beschreiben. Ein bisschen, als ob man

Hunger hätte und ganz müde wäre. Auf alle Fälle ist man traurig. Und es schnürt einem die Brust zu. Ich kann gerade gar nicht tief durchatmen.«

Ich muss zugeben, dass mir die Vorstellung, bis ans Ende meiner Tage im falschen Körper zu stecken, genauso wenig gefällt wie Kira. Insofern kann ich sie gut verstehen. Ich möchte auch lieber wieder auf meinem Sofa liegen und von Werner gekrault werden. Und ich möchte Odette im Hof besuchen. Als Kater, nicht als Mensch.

Bei dem Gedanken an Odette packt mich ein Gefühl, das tatsächlich eine Mischung aus Hunger und Müdigkeit sein könnte. Den Druck auf der Brust nicht zu vergessen, gepaart mit leichtem Herzrasen. Ob ich also auch Heimweh habe?

»Tja, aber was können wir bloß tun, um wieder zu tauschen?«, überlege ich. »Ich fürchte, solange wir nicht wissen, warum das überhaupt passiert ist, haben wir ganz schlechte Karten.«

»So weit waren wir mit unseren Überlegungen doch schon mal«, stellt Kira fest. »Dann müssen wir uns nun endlich auf die Suche nach den Ursachen machen. So jedenfalls will ich nicht bleiben!«

Ich seufze. Es stimmt natürlich. Wir müssen Ursachenforschung betreiben.

»Aber wo fangen wir damit bloß an?«

»Ganz einfach: Wir gehen noch einmal zu der Stelle, wo der ganze Schlamassel begonnen hat. Vielleicht fällt uns da etwas Besonderes auf.«

»Na gut«, sage ich und muss gleichzeitig gähnen. »Aber

vor morgen früh bringen mich keine zehn Pferde mehr aus dem Haus!«

»Okay, dann gleich morgen früh! Das passt gut: Samstags ist keine Schule und du kannst behaupten, dass du Brötchen holen gehst.«

»Von mir aus«, murmle ich ergeben. Heilige Ölsardine, Kira ist ganz schön hartnäckig!

Am nächsten Morgen stehen wir tatsächlich wieder vor der Baustelle, wo uns damals das Gewitter überrascht hat. Das Häuschen, in dem wir Unterschlupf gefunden haben, ist noch genau so, wie ich es in Erinnerung hatte. Vielleicht wuchert auf dem Boden ein wenig mehr Unkraut, sonst hat sich nichts verändert. Sogar die Spule liegt noch in der Mitte des Unterstands. So weit, so unspektakulär.

»Also, fassen wir mal zusammen: Wir saßen auf dieser Kabeltrommel und haben uns beide gewünscht, jemand anderes zu sein. Dann schlug der Blitz ein und wir waren erstaunlicherweise nicht tot, sondern hatten den Körper getauscht.« Kira legt den Kopf schief, was ihr für eine Katze ein sehr nachdenkliches Aussehen verleiht.

Ich nicke.

»Genau so war es. Jedenfalls, wenn du mit *Kabeltrommel* die große Spule meinst.«

»Wir müssen uns alles gründlich anschauen. Irgendwo hier liegt die Lösung für unser Problem, das spüre ich!« Kira nimmt einen kurzen Anlauf und springt dann mit einem beherzten Satz auf die Trommel.

»Guck mal, der Holzdeckel ist tatsächlich richtig verkokelt. Der Blitz ist also direkt in die Trommel eingeschlagen.«

»Mag sein. Aber wie bringt uns das weiter?«, frage ich ratlos. »Wo ist der Unterschied, ob ein Blitz in einen Baum oder in eine Kabeltrommel einschlägt? Ist doch beides Holz.«

»Nicht ganz«, stellt Kira fest. »Um die Trommel ist ein Kabel gewickelt, um den Baum nicht.«

Ich zucke mit den Schultern.

»Na und? Was macht das schon?«, wiederhole ich.

»Das weiß ich auch nicht. Es ist ja nur so eine Idee. Vielleicht ist es einfach der Strohhalm, an den ich mich gerade klammere.«

»An welchen Strohhalm?«

»Ach, Winston, das sagt man so, wenn man wenig Hoffnung hat!«, erklärt Kira. »Dann klammert man sich eben an einen Strohhalm. Das bedeutet, man stürzt sich selbst auf das kleinste Fünkchen Hoffnung.«

»Hm.« Ich gehe um die Kabeltrommel herum und betrachte sie. Der Deckel ist wirklich ganz schwarz und rußig. In der Mitte hat er sogar einen Spalt. Das muss die Stelle sein, die der Blitz genau getroffen hat. Wir haben riesiges Glück gehabt, dass er uns nicht direkt erwischt hat. Sonst wäre Kira jetzt nicht katzenlebendig, sondern mausetot. Und ich gleich mit.

»Es muss einfach etwas mit dem Blitz zu tun haben. Und mit dem Ort hier. Es muss eine logische Erklärung dafür geben. Solche Dinge passieren doch nicht einfach so!« Kira klingt mittlerweile ziemlich verzweifelt.

»Ehrlich gesagt, dachte ich noch vor Kurzem, sie würden gar nicht passieren!«

Wir setzen uns beide auf den Boden neben der Trommel. Eine Weile sagt oder denkt keiner von uns beiden etwas. Schließlich rappelt sich Kira wieder hoch.

»Komm, Winston. Wir müssen jemanden fragen, der sich mit Blitzen gut auskennt. Wir brauchen einen Experten. Und ich weiß auch schon, wen.«

»Echt? Du kennst einen Experten für Blitze?«

»Ja. Und du kennst ihn auch.«

Erstaunt schaue ich sie an.

»Ich kenne einen Experten für Blitze?«

»Tust du: Werner.«

»Werner ist Experte für Blitze?«

»Klar. Denn Blitze sind doch eigentlich Strom. Strom ist in der Physik ein wichtiges Thema – und Werner ist Professor für Physik. Also, wenn uns jemand hier weiterhelfen kann, dann ist es Werner.«

»Na großartig. Und deswegen gehen wir jetzt zu Werner und erzählen ihm mal schnell die Geschichte von dem Körpertausch. Und dann fragen wir ihn, ob er eine Idee hat, was der Blitz damit zu tun haben könnte. Eine tolle Idee. Warum bin ich da nicht selbst draufgekommen?« Die spinnt doch, die Kira. Ich kenne meinen Professor. Der glaubt nicht an Wunder. Eher geht der mit mir zum Arzt, wenn ich ihm so eine Geschichte auftische. Und zwar nicht zum Kinderarzt, sondern zum Seelenklempner!

»Mann, Winston! Nun sei doch nicht immer so negativ! Natürlich sagen wir das Werner nicht so direkt. Wir machen das viel geschickter.«

»Aha. Und wie?«

»Also, als Erstes müssen wir ihn mal hierherlocken. Das machen wir am besten, indem du auf das schöne Wetter hinweist und fragst, ob ihr nicht zur Feier des Tages alle einen kleinen Spaziergang machen wollt. Nach dem Frühstück ein bisschen frische Luft schnappen. Du wirst sehen: Wenn man als Kind einen Spaziergang vorschlägt, sagen Erwachsene nie Nein.«

»Bist du sicher?«

»Ganz sicher. Erwachsene wollen immer, dass wir Kinder uns an der frischen Luft bewegen. Ich laufe als Katze vor und lenke euch in diese Richtung. Wenn du vor dem Häuschen stehst, behauptest du einfach, dass ihr in Physik gerade Gewitter und Blitze durchnehmt. Und dass du dich fragst, ob wohl etwas Besonderes passieren würde, wenn in diese Trommel der Blitz einschlagen würde. Das fändest du nämlich total spannend.«

Ich überlege einen Moment.

»Okay. Das könnte klappen. Werner mag es ganz gern, wenn er anderen etwas erklären kann.«

»Siehst du! Sag ich doch. So sind Erwachsene eben. Voll nervig. Ständig wollen sie, dass man etwas lernt. Aber in unserem Fall ist das ganz praktisch. Du wirst sehen: Das funktioniert!«

Hoffentlich hat Kira recht.

Kira *hat* recht. Kaum sage ich das magische Wort *Spaziergang*, schon nicken Anna und Werner begeistert.

»Das ist eine gute Idee«, lobt mich Werner. »Nach der ganzen Aufregung gestern sollten wir heute mal die Seele baumeln lassen. So ein Spaziergang ist dann genau richtig.«

Kaum haben wir also unser Frühstück beendet und das Geschirr vom Esszimmer in die Küche getragen, greifen Anna und Werner auch schon nach ihren Jacken. Mir soll es recht sein. Ich ziehe mir einen dünnen Pullover über und nehme Kira auf den Arm.

»Soll Winston denn auch mitkommen?«, will Anna von mir wissen.

»Auf alle Fälle! Ohne ihn säßen wir vielleicht noch bei Vadim in der Wohnung! Gut, dass er gestern einfach hinter uns hergelaufen ist, als wir Vadim besucht haben. Ich finde, Winston hat sich wirklich einen Spaziergang verdient.«

Werner nickt.

»Ja, es ist wirklich erstaunlich, wozu eine Katze in der Lage ist. Ich habe immer gedacht, so ein Wohnungskater wie Winston sei in der Stadt völlig orientierungslos. Da sieht man mal, wie man sich täuschen kann! Also, Dicker, komm ruhig mit!«

Wieso Dicker? So eine Frechheit! Ich bin ganz schlank! Erst recht, seitdem Kira in meinem Körper steckt. Manchmal glaube ich, sie isst ein bisschen weniger als ich. Jedenfalls ist sie als Kater eine sehr elegante Erscheinung.

Unten angekommen, springt Kira von meinem Arm und läuft Richtung Baustelle los. Wir schlendern hinterher. Anna und Werner unterhalten sich angeregt. Kein Wunder: Nachdem die Zigarettenschmuggelgeschichte ans Licht gekommen ist, haben die beiden sich jede Menge zu erzählen. Anna jedenfalls wirkt erleichtert, dass Werner nun die Wahrheit kennt. Sie lacht viel und auch Werner ist super gelaunt. Es ist schön, dass die beiden sich so gut verstehen. Vielleicht bleibt Anna einfach mit Kira bei uns wohnen, auch wenn sie jetzt keine Angst mehr vor Vadim haben muss. Ich würde mich darüber jedenfalls sehr freuen.

Kurze Zeit später haben wir unser Ziel erreicht. Nun muss ich Werner nur noch etwas näher an das Baustellenhäuschen lotsen und ihn aus seinem Plausch mit Anna reißen. Dann kann ich meine Frage loswerden. Kira ist schon auf die Trommel gesprungen und schlägt ungeduldig mit dem Schwanz hin und her.

»Winston, nun mach schon! Nicht, dass die beiden gleich an der Baustelle vorbeilaufen.«

»Momentchen! Ich muss kurz überlegen, wie ich die Frage am besten verpacke.«

»Mein Tipp: Stell sie einfach! Frag ihn, was wohl passieren würde, wenn genau an der Stelle, wo ich sitze, der Blitz einschlägt.«

Was Unterhaltungen mit Menschen anbelangt, hat Kira deutlich mehr Erfahrung als ich. Also ran an den Mann!

»Äh, Werner …« Ja, wie jetzt weiter?

»Was ist denn, Kira?«

»Also, du bist doch Physiker. Kannst du mir sagen, ob irgendetwas Besonderes passieren würde, wenn in diesem Moment ein Blitz genau dort einschlagen würde, wo Winston gerade sitzt?«

Mann, das klingt ja total bescheuert! Werner schaut mich erstaunt an.

»Wie kommst du denn darauf?«

»Ich … äh … also, wir beschäftigen uns in der Schule gerade mit Blitzen und … äh …« Was für ein grauenhaftes Gestammel! Werner muss sich fragen, ob ich als Kind wirklich so schlau bin, wie Anna immer behauptet. Los, Winston! Denk nach! Bring diesen Satz irgendwie sinnvoll zu Ende!

»Also, wie gesagt, wir beschäftigen uns mit Blitzen und jeder soll drei verschiedene Stellen aufschreiben, an denen der Blitz einschlagen könnte. Und dann sollen wir auch beschreiben, was an diesen Stellen so passiert.« Puh. Das war knapp.

Werner lacht.

»Na, wenn dort der Blitz einschlägt, dann wird dem armen Winston bestimmt ganz schön warm im Pelz.«

Gut. Diese Antwort ist nicht wirklich ergiebig. Ich beschließe nachzuhaken.

»Und es macht gar keinen Unterschied, ob der Blitz in einen Baum einschlägt oder in dieses Trommeldings?«

»Hach, du willst es also wirklich genau wissen. Na gut, dann schauen wir uns die Trommel mal näher an.« Er stapft in den Unterstand und begutachtet die Kabeltrommel. »Hm, da hast du dir tatsächlich ein interessantes Objekt für einen Blitzschlag ausgesucht: Wenn ich das richtig sehe, dann ist das im Grunde genommen eine riesige Kupferspule.«

»Äh, was?« Ich sag's ja – ich habe wirklich null Peilung und Werner wird glauben, Kira sei ein bisschen langsam im Kopf.

»Also: Das Besondere an dieser Kabeltrommel ist, dass sie nicht mit Kabel umwickelt ist, das durch Plastik geschützt ist, sondern dass es blankes Kupferkabel ist. Wir haben also eine Kupferspule. Und was passiert wohl, wenn ein Blitz in eine Kupferspule einschlägt?«

Ich zucke mit den Schultern.

»Keine Ahnung.«

Werner grinst.

»Für den Bruchteil einer Sekunde entsteht ein sehr starker Elektromagnet. Wenn nämlich Strom durch eine Metallspule fließt, wird die Spule zum Magneten. So ist es bestimmt auch hier: In dem Moment, in dem der Strom des Blitzes fließt, entsteht in der Kupferspule ein Magnetfeld. Also, wenn der arme Winston etwas Magnetisches an sich hat, dann wird das von dem entstandenen Elektromagneten angezogen. Und zwar ziemlich stark.«

Ich starre Werner mit aufgerissenen Augen an. Das ist es! Ein Magnet! Kann es sein, dass Kira und ich durch einen starken Magneten gewissermaßen aus uns selbst herausgezogen wurden? Sollte unser »Ich« also auf irgendeine Art und Weise magnetisch sein? Und sind wir auf dem Rückweg unglücklicherweise im falschen Körper gelandet? Durch unseren bescheuerten Wunsch oder was auch immer? Bedeutet das gleichzeitig, dass wir durch einen Magneten auch wieder zurücktauschen könnten? Und falls ja: Wo bekommen wir auf die Schnelle so einen starken Magneten her? Fragen über Fragen! Hoffentlich gibt's dazu bald die passenden Antworten!

Echten Freunden kann man alles erzählen. Falsch – man kann nicht nur, man muss es auch!

Zum ersten Mal, seit ich im Körper eines Mädchens stecke, bin ich froh, als endlich wieder Montag ist und ich zur Schule gehen kann. Das ganze Wochenende haben Kira und ich uns das Hirn zermartert, wo wir einen starken Magneten herbekommen könnten, um unsere Rücktauschtheorie auszuprobieren. Uns wieder in das Baustellenhäuschen zu setzen und darauf zu warten, dass noch mal ein Blitz in die Kupferspule einschlägt, erschien uns wenig Erfolg versprechend. Etwas Besseres ist uns allerdings auch nicht eingefallen und deshalb überlege ich, ob ich nicht Pauli und Tom von meinem Problem erzählen sollte. Natürlich ohne zu erwähnen, dass ich ein Kater bin.

Bevor ich aber dazu komme, meine Freunde auf ihr physikalisches Expertenwissen zu testen, überrascht uns Herr Prätorius mit einer neuen Superlehrer-Idee.

»So, ich habe mir am Wochenende Gedanken gemacht, wie man eure Klassengemeinschaft verbessern könnte. Und ich glaube, ich habe eine Lösung gefunden: Gruppentische. Wir werden jetzt also Folgendes tun: Jeder von euch schreibt auf einen Zettel die beiden Leute, mit denen er am liebsten, und die beiden, mit denen er auf keinen Fall an einem solchen Tisch sitzen möchte. Dann sammle ich die Zettel ein, wir machen eine Viertelstunde Pause und danach verkünde ich die neue Sitzordnung.«

Ein Stöhnen geht durch die Klasse. Die anderen sind von dieser Idee offenbar nicht begeistert. Ich kann mir darunter gar nichts vorstellen, deswegen verzichte ich aufs Mitjammern. Stattdessen krame ich ein Blatt Papier aus meiner Tasche, kritzle »Am liebsten: Tom und Pauli. Gar nicht: Leonie und Emilia« darauf und falte es. Herr Prätorius läuft durch die Reihen und sammelt die Blätter ein. Als er wieder vorn am Lehrerpult steht, klatscht er in die Hände.

»Okay, dann jetzt fünfzehn Minuten Pause. Aber seid nicht so laut, die anderen Klassen haben Unterricht.«

Ich stehe auf und gehe zu Paulis Tisch.

»Hallo! Wie war dein Wochenende?«, will ich von ihr wissen.

»So weit okay. Meine Eltern waren natürlich aufgeregt wegen der Sache mit Vadim. Als sie mich von der Polizeiwache abgeholt haben, waren sie noch total geschockt, aber mittlerweile geht es.«

»War bei mir ähnlich.« Tom hat sich neben mich gestellt. »Zum Glück haben sich meine Alten wieder beruhigt. Wie sieht es denn bei deiner Mutter aus?«

»Och, eigentlich gut. Sie ist froh, dass sie Vadim endlich dingfest gemacht haben. Aber mal was ganz anderes: Kennt sich jemand von euch beiden mit Physik aus?«

Pauli zuckt mit den Schultern, Tom mustert mich erstaunt.

»Mit Physik? Wieso? Brauchst du da Nachhilfe?«

Ich schüttle den Kopf.

»Nicht direkt. Aber ich bin auf der Suche nach einem starken Magneten. Also, einem RICHTIG starken. Und ich habe keine Ahnung, wo ich so einen finden könnte.«

»Was willst du denn damit?«, fragt Pauli neugierig.

»Ich brauche ihn gewissermaßen für ein Experiment.«

»Meine Mutter hat im Büro Magnete, die sehr stark sind. Die sehen aus wie kurze Stifte – man kann aber einen ganzen Stapel Papier mit ihnen an eine Magnetwand pinnen.«

Hm. Ohne dass ich genau sage, wozu ich den Magneten brauche, wird es schwer werden, Pauli und Tom auf die richtige Spur zu bringen.

»Also, ich glaube, der Magnet müsste schon viel größer sein. In den Bereich, der magnetisch wird, müsste richtig viel reinpassen.«

Tom runzelt die Stirn.

»Du meinst, du brauchst ein großes Magnetfeld?«

Stimmt! Magnetfeld! So hat Werner das genannt! Ich nicke begeistert.

»Richtig. Ich brauche einen Magneten, der ein großes Magnetfeld erzeugt.«

»Wie groß denn? Wie ein Buch?«

»Nee, eher so ein Meter fünfzig auf ein Meter.«

Tom reißt die Augen auf.

»Was? Das ist ja riesig!«

Ich zucke mit den Schultern.

»Tom, Kira, setzt euch bitte wieder!« Prätorius scheint mit seiner neuen Sitzordnung schon fertig zu sein. »Ich habe insgesamt fünf Tische gebildet und lese jetzt die Tischnummern und die Namen der fünf oder sechs Schüler vor, die an diesen Tischen sitzen werden. Diese Schüler stellen sich bitte zu Gruppen zusammen. Danach werden wir gemeinsam Tische rücken. Also, Tisch 1: Luna, Ben, June, Smilla und Mats. Tisch 2: Victor, Nele, Finn, Torben, Marie und Nils. Tisch 3: Kira, Tom, Paula, Leonie und Emilia. Tisch 4 …«

Oh nein! Was soll das denn? Pauli und Tom sind natürlich toll, aber mit den beiden Oberzicken an einem Tisch? Ich habe doch deutlich geschrieben, dass ich mit denen AUF KEINEN FALL zusammensitzen will!

»So, Kinder, nicht lang quatschen, sondern Gruppen bilden. Und dann eure Tische zusammenstellen. Immer zwei gegenüber und einer am Kopfende. Hopp, hopp! Ein bisschen Tempo, wenn ich bitten darf!«

Ich stehe auf und trotte mit gesenktem Haupt zurück zu Pauli.

»Mann, das geht ja gar nicht! Ich will nicht mit den beiden Nervensägen zusammensitzen. Bei wem kann ich mich denn da mal beschweren?«

Pauli grinst.

»Gar nicht. Lehrers Wort ist Gesetz. He, wird schon nicht so schlimm werden.« Sie steht auf und rückt ihren Tisch in die Richtung, in der meiner steht. Tom tritt hinzu und schiebt beide zusammen. Dann hilft ihm ein Mitschüler, einen weiteren Tisch an das kurze Ende zu stellen. Fertig ist die Sitzinsel des Grauens.

Leonie kommt zu uns und lässt ihre Tasche haarscharf neben meine Füße fallen.

»Na, da werden meine Eltern ja begeistert sein, wenn sie erfahren, dass ich bei einer Kriminellen sitzen muss. Hoffentlich passiert mir da nichts.« Sie wirft mir einen spöttischen Blick zu.

»Wie meinst du denn das?«, erkundigt sich Pauli. Oh nein, jetzt liefert mich Leonie garantiert mit dieser T-Shirt-Geschichte ans Messer!

»Ach, wisst ihr noch gar nicht, was für ein schönes Hobby eure neue Freundin hat? Hat sie nicht von unserem kleinen Ausflug zu *TK Moritz* erzählt?« Leonie schnaubt die letzten Worte fast. Emilia steht neben ihr und grinst doof.

»Ich … äh …«, will ich mich stammelnd verteidigen, doch Leonie macht einfach weiter.

»Geklaut hat sie da. Und erwischt worden ist sie auch noch. Voll peinlich, die Nummer. Ich dachte, ich sehe nicht richtig, als sie einfach das T-Shirt eingesteckt hat.«

Tom und Pauli starren erst mich an, dann wandert ihr Blick zu Leonie.

»Tja, da seid ihr platt, was? Na ja, ich dachte, es sei wichtig, dass ihr mal davon erfahrt. Man will doch wissen, mit wem man es so zu tun hat, nicht wahr?«

Heiliger Kratzbaum, ich würde am liebsten vor Scham im Boden versinken. Oder mich in einer Ölsardinendose verkriechen, wenn ich denn eine zur Hand hätte. Blut schießt mir in die Wangen. Ich bin bestimmt schon ganz rot im Gesicht.

»Also, Leonie«, beginnt Tom ganz langsam und mir graut schon davor, was jetzt kommt, »ich weiß überhaupt nicht, was du hier für ein Fass aufmachst. Natürlich hat uns Kira davon erzählt. Schließlich sind wir Freunde!«

Hä? Ich traue meinen Ohren nicht! Und auch Leonie sieht völlig verdattert und außerdem ziemlich enttäuscht aus. Jetzt gähnt Tom sogar, als wäre die Geschichte von mir und dem T-Shirt so ziemlich das Langweiligste, was er jemals gehört hat. Nun mischt sich Pauli ein.

»Tom hat recht. Kira hat uns sofort alles erzählt. Gewundert hat es mich allerdings überhaupt nicht. Schließlich war sie mit euch da. Und was man so hört, lasst ihr ganz gern mal was mitgehen. Wahrscheinlich war das sowieso eure Idee. Kennt man ja von euch.«

Leonie macht den Mund erst auf, als wolle sie antworten, macht ihn dann aber ohne ein Wort wieder zu. Eine sprachlose Leonie: eigentlich ein ganz schöner Anblick.

In der Mittagspause sitzen wir endlich ohne Leonie und Emilia zusammen. Eine gute Gelegenheit, Pauli und Tom noch einmal auf die Sache mit dem T-Shirt anzusprechen – schließlich ist mir die Geschichte immer noch richtig peinlich!

»Also, wegen eben – das würde ich euch gern erklären. Es

ist nämlich nicht so, als würde ich ständig klauen. Im Gegenteil. Aber …«

Weiter komme ich nicht, denn Tom legt seine Hand auf meine und schaut mich ernst an.

»Kira, du musst das nicht erklären. Jeder baut mal Mist. Ich, du und natürlich auch Pauli. Aber eine Sache ist unter Freunden wichtig: dass man sich vertraut. Und dass man dem anderen erzählt, wenn man was vergeigt hat oder wenn einen was bedrückt. Verstehst du? Wahrheit ist wichtig unter Freunden!«

Ich nickte langsam. Obwohl ich als Kater so gut wie keine Erfahrung mit Freundschaft habe, erscheint mir das einleuchtend. Es ist ja auch schwierig, eng befreundet zu sein, wenn man Geheimnisse vor dem anderen hat. Leider ist es für mich unmöglich, hier gleich alle Geheimnisse auf den Tisch zu packen. Ich seufze schwer.

»Gibt's noch etwas, das du gern erzählen würdest?« Pauli ist wirklich schlau und hat sofort gemerkt, dass mir noch etwas auf der Seele liegt. Aber ich kann den beiden unmöglich erzählen, dass ich in Wirklichkeit Winston bin. Die würden mich für komplett durchgeknallt halten! Ich schüttle also den Kopf und murmele etwas, das wie *nein, nein* klingt. Tom mustert mich.

»Kira, irgendetwas hast du! Was ist los? Nun sag schon!«

Miau, es ist doch zum Schnurrbarthaareausreißen! Was soll ich bloß machen? Soll ich vielleicht doch …? Ich gebe mir einen Ruck und beschließe, Tom und Pauli einzuweihen.

»Ich habe tatsächlich etwas auf dem Herzen. Allerdings ist die Geschichte ziemlich unglaublich und ihr müsst mir versprechen, dass ihr mich nicht für verrückt erklärt.«

Tom und Pauli heben gleichzeitig eine Hand in die Luft, was ziemlich lustig aussieht. Dann rufen sie mit feierlicher Stimme wie im Chor:

»Großes Indianerehrenwort!«

Dann mal los!

»Ähm, was würdet ihr sagen, wenn ich euch erzähle, dass ich in Wirklichkeit gar nicht ich bin? Sondern jemand anderes?«

Die beiden gucken ratlos. Tom räuspert sich.

»Du meinst, du bist gar nicht Kira Kovalenko?«

»Ja. Äh, ich meine, nein. Also, doch, schon irgendwie. Aber andererseits auch nicht.« Himmel, das ist ja völlig wirr! So kriege ich das nie vernünftig erklärt. Ich setze noch mal zu einem Versuch an. »Was ich meine, ist Folgendes: Äußerlich bin ich schon Kira Kovalenko. Aber innerlich, innerlich bin ich kein Mädchen, sondern …«

»Ein Junge?«, fragt Pauli. »Von solchen Fällen habe ich schon mal gelesen. Männer, die im Körper einer Frau geboren werden, oder umgekehrt. Die nennt man dann … äh … warte mal, das sind … äh … Trans… äh … gleich hab ich's …«

Ich schüttle den Kopf.

»Nein, das meine ich nicht. Ich bin kein Junge.« Ich hole tief Luft, dann bringe ich es raus: »Ich bin ein Kater.«

Besondere Umstände erfordern besondere Maßnahmen. Diese Regel gilt auch für Kater!

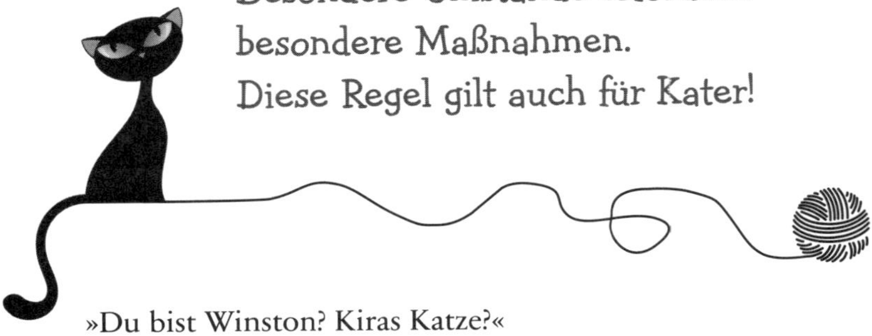

»Du bist Winston? Kiras Katze?«

»Falsch. Winston. Professor Hagedorns Kater.«

»Na gut, dann eben Hagedorns Kater. Aber ansonsten bist du echt dieses schwarze Viech, das du … äh … also Kira überall mit hinschleppt? Eine echte, eine richtige Katze? So mit allem Drum und Dran?«

Tom ist fassungslos. Wer könnte es ihm verdenken? Aber zumindest sind er und Pauli inzwischen so weit zu überlegen, ob ich vielleicht tatsächlich die Wahrheit sage. Der Weg dahin war allerdings lang: Erst haben sich die beiden königlich über meinen tollen Witz amüsiert. Dann haben sie mich gedrängt zu erzählen, was mir wirklich unter den Nägeln brennt. Und schließlich wurden sie ziemlich sauer, weil ich mich nicht von der Katzengeschichte abbringen ließ. Am Ende mussten sie aber zugeben, dass sie sich schon das eine oder andere Mal über die Fähigkeiten von Kiras Katze gewundert hatten. Stichwort: U-Bahn-Fahrt!

»Ja, ich bin eine echte Katze. Mit allem Drum und Dran. Genauer gesagt: Britisch Kurzhaar. Sehr edel. Deswegen auch mein Name. Ich bin alter englischer Adel. Nur momentan eben nicht. Da bin ich Kira. Aber das habe ich euch schon erklärt.«

Pauli beäugt mich, als habe ich zwei Köpfe. Dann will sie es genauer wissen.

»Nimm's mir nicht übel, Kira, oder Winston, oder wie auch immer wir dich jetzt nennen sollen, aber gibt es irgendeinen Beweis für diese unglaubliche Geschichte? Ich meine, ihr werdet vom Blitz getroffen, während ihr auf einer Kabeltrommel sitzt, und als ihr aus einer Ohnmacht erwacht, habt ihr die Körper getauscht und könnt eure Gedanken lesen – das ist starker Tobak, weißt du?! Also, dafür brauche ich einen richtig harten Beweis. Und ich rede hier nicht von ungewöhnlichen Kunststückchen, die deine Katze aufführt. Klar war es krass, dass sie Werner wirklich gefunden hat, aber wer weiß? Vielleicht ist sie einfach gut trainiert!«

Das ist ein berechtigter Einwand. Ich würde an ihrer Stelle genauso zweifeln. Wenn mir Odette im Hof anvertraut hätte, dass sie in Wirklichkeit Klaus-Dieter, der bärtige Zahnarzt aus dem dritten Stock, sei, hätte ich bestimmt auch einen Beweis verlangt. Nur: Was sage ich jetzt dazu? Ich könnte natürlich Kira noch mal in Gedanken bitten hierherzukommen. Aber reicht das? Oder fällt das auch unter Zufall und Kunststückchen? Ich seufze. Vielleicht war es doch keine gute Idee, meinen Freunden dieses Geheimnis anzuvertrauen.

»Kannst du etwas, das eigentlich ganz ausgeschlossen für

Menschen ist? Also, könntest du jetzt deine Krallen ausfahren?«, schlägt Tom vor.

Ich halte meine Hände vors Gesicht und betrachte meine Fingernägel. Nein, ausfahren kann ich die nicht. Ich schüttle also den Kopf.

»Nee, leider nicht.«

»Oder vielleicht aus dem zweiten Stock springen? Katzen können das doch. Die rotieren mit dem Schwanz so lange, bis die Pfoten wieder nach unten zeigen, und dann landen sie ganz sicher und unbeschadet.«

»Äh, natürlich kann ich das als Katze. Aber als Mensch probiere ich das bestimmt nicht aus.«

Tom grinst.

»Ja, war nicht ernst gemeint. Selbst wenn deine Geschichte nicht stimmt und du einfach nur ein bisschen gaga bist, will ich nicht, dass du dir den Hals brichst. Meine Freundin bist du ja trotzdem. Ich nenne dich dann einfach Gaga-Kira.« Er lacht, Pauli lächelt zumindest. Okay, sie sind wenigstens nicht böse. Trotzdem: Ich will, dass sie mir glauben! Nur dann könnten sie Kira und mir vielleicht beim Rücktausch helfen – auch wenn wir vorhin beim Thema Magnet noch nicht weitergekommen sind. Was also könnte ich den beiden zeigen?

Während ich noch nachdenke, werde ich zum zweiten Mal vom Blitz getroffen: vom Geistesblitz! Ich springe so heftig von meinem Platz hoch, dass das Tablett mit meinem Teller bedenklich wackelt und fast vom Tisch fällt.

»Ich hab's! Die Augen!«

Pauli und Tom schauen mich erstaunt an.

»Na, Kira und ich haben nicht nur den Körper, sondern auch die Augenfarbe getauscht. Seht doch mal genauer hin!« Ich starre die beiden an.

»Äh, ja. Schöne grüne Augen«, sagt Pauli.

»Genau: Das ist es doch! Kira hat eigentlich blaue Augen.«

Tom zuckt mit den Schultern.

»Keine Ahnung. Du oder sie – ich sag jetzt mal: ihr – also, ihr seid erst seit Kurzem auf der Schule. Ich kenn euch noch nicht so lang. Über Kiras Augenfarbe habe ich mir vorher nie Gedanken gemacht oder genauer hingeguckt.«

Pauli nickt.

»Tom hat recht. Geht mir genauso. Selbst wenn Kira noch vor ein paar Wochen blaue Augen hatte, wäre mir das nicht aufgefallen.«

»Oh.« Enttäuscht setze ich mich wieder hin. »Aber es ist wirklich wahr. An unserer Augenfarbe kann man es sehen. Meine, also Winstons, sind grün. Die von Kira als Mädchen blau. Und wir haben unsere Augenfarbe beim Tausch behalten.«

»Aber ist das denn Kiras Mutter nie aufgefallen?«

»Nein. Kira und ich haben alles getan, um es geheim zu halten. Also habe ich in letzter Zeit zu Hause häufiger mal eine Sonnenbrille getragen oder mir den Pony in die Stirn fallen lassen. Wir haben auch schon über farbige Kontaktlinsen nachgedacht, aber die sind so teuer.«

»Okay. Das wäre dann also tatsächlich ein echter Beweis.«

Tom schaut nachdenklich. »Dann müssten wir jetzt nur irgendwie feststellen, dass Kira früher wirklich blaue Augen hatte.«

»Aber es stimmt! Glaub's mir doch!«

»Sorry, Kira oder Winston oder wer auch immer – die Geschichte ist so abgefahren, da brauche ich etwas Handfestes.«

Ich stöhne innerlich. Etwas Handfestes! Was könnte das sein? Ein Foto vielleicht? Aber auf Fotos kann man Augenfarben nur schwer unterscheiden. Und ich habe sowieso kein Foto von Kira griffbereit.

»Mir fällt gerade was ein! Warum rufen wir nicht einfach Anna an und fragen sie?«, schlägt Pauli vor.

»Ja, gute Idee!«, stimmt Tom zu.

»Wir rufen einfach an und fragen? Aber wird sie sich darüber nicht wundern? Sie denkt doch, ich sei ihre Tochter. Dann kenne ich doch meine Augenfarbe.«

»Mach dir mal keinen Kopf, Kira. Oder Winston. Ruf jetzt deine Mutter an und gib mir das Handy, okay?«

Ich nicke ergeben, ziehe mein Handy aus der Hosentasche und wähle die Nummer von Anna. Als es klingelt, gebe ich den Hörer weiter.

»Hallo, Frau Kovalenko! Nein, hier ist nicht Kira, sondern Pauli. Ich brauche mal kurz Ihre Hilfe! Wir sollen hier in der Schule gerade unseren Klassenkameraden genau beschreiben, ohne dass er im Raum ist. Ich sitze also in der Kantine und beschreibe Kira. Aber ehrlich gesagt bin ich mir bei ihrer Augenfarbe nicht sicher. Ist die grün oder blau?« Schweigen. Sie hört offenbar zu, was Anna sagt. »Okay. Danke. Das ist sehr nett. Ja, ich grüße sie. Danke! Tschüss.«

Pauli legt auf. Dann schaut sie uns an.

»Kiras Augen sind strahlend blau. Eine ganz tolle Farbe. Sagt ihre Mutter.«

»Ups«, macht Tom. Und mir fällt ein Stein vom Herzen.

Nach der Schule gehen wir alle in die Eisdiele. Und wenn ich alle sage, dann meine ich: Kira Katze ist auch dabei. Ich habe sie angemorst und ihr von den neusten Entwicklungen erzählt. Daraufhin hat sie uns von der Schule abgeholt und zum Eisessen begleitet. Also habe ich Kira auf dem Schoß, während ich mein Schokoeis schlecke. Begeistert ist sie allerdings nicht davon, dass ich unser Geheimnis gelüftet habe.

»Bestimmt denken die beiden jetzt, du hättest eine Vollklatsche. Damit bin ich dann auch die letzten beiden Freunde los, die ich noch in der Klasse hatte«, jammert sie vor sich hin, während sie gleichzeitig versucht, etwas von dem Eis zu erwischen, das gerade haarscharf an meinem Bein vorbeitropft. Schwierig, so ein Eis zu essen! Muss ich eindeutig noch üben.

»Nun beruhige dich mal, Kira! Sie glauben uns doch!« Dass Pauli sogar in meinen Augen rumgefummelt hat, um sicherzugehen, dass ich keine farbigen Kontaktlinsen trage, verschweige ich mal lieber. Kiras Laune ist sowieso schon auf dem Tiefpunkt. Kein Wunder. Schließlich sind wir mit unserem Rücktausch-Plan bisher noch überhaupt nicht weitergekommen. Ich nehme daher einen neuen Anlauf.

»Ich würde gern noch mal mit euch über die Sache mit dem Magneten sprechen. Kira und ich haben uns nämlich überlegt, dass uns ein Magnet beim Rücktausch helfen könnte. Ich habe schließlich nicht vor, für den Rest meiner neun Katzenleben ein Mädchen zu bleiben. Und ich glaube, Kira vermisst euch auch schon.« Wie zur Bestätigung miaut Kira laut auf. Tom und Pauli gucken sie beeindruckt an.

»Sie versteht uns. Wahnsinn!« Pauli schüttelt den Kopf.

»Wieso sollte euch ein Magnet beim Rücktausch helfen können?«, will Tom von mir wissen.

»Ganz einfach: Durch den Blitzeinschlag auf der Baustelle muss ein riesiges Magnetfeld entstanden sein. Der Blitz ist doch in eine Kabeltrommel eingeschlagen, die mit Kupferkabel umwickelt war. Wenn du aber eine Kupferspule an Strom anschließt, bekommst du einen Elektromagneten. Und da Kira und ich auf der Kabeltrommel saßen, waren wir mitten im Magnetfeld. Das muss den Tausch bewirkt haben. Anscheinend hat uns der Magnet irgendwie aus unseren Körpern rausgezogen. Und auf dem Rückweg vertauscht. Zumindest hoffe ich, dass es so war.«

»Wow!«, ruft Pauli beeindruckt. »Du bist mit weitem Abstand der schlauste Kater, den ich kenne.«

»Na ja«, gebe ich zu, »der Tipp mit dem Elektromagneten stammt von Werner. Der ist Physikprofessor. Von selbst wäre ich wahrscheinlich nicht draufgekommen. Leider hilft uns der Tipp allein aber nicht weiter. Wir brauchen jetzt ein Magnetfeld, das so groß ist, dass ein Mädchen und ein Kater gemeinsam reinpassen.«

In diesem Moment schlägt Tom so heftig mit seiner Faust auf den Tisch, dass die Eisbecher scheppernd aneinanderkrachen.

»Genau das ist es: ein großes Magnetfeld! Ich weiß, wo wir eins herkriegen!«

Miau! Kira springt auf seinen Schoß, Pauli und ich starren ihn an. Als er weiterspricht, hängen wir regelrecht an seinen Lippen.

»Ihr wisst doch, dass mein Vater Arzt ist.«

Wir nicken.

»Genau genommen ist er Radiologe«, fährt Tom fort.

»Äh, was ist das?«, will ich wissen.

»Na, ein Röntgenarzt. Er kann Leute quasi von innen fotografieren«, erklärt Tom.

»Das ist ja sehr schön, aber wir brauchen keinen Arzt, wir brauchen einen Magneten.« Heilige Ölsardine, hat der mir nicht richtig zugehört?

»Moment, Moment, das kommt ja gleich«, beschwichtigt Tom. »Also, mein Vater hat eine große radiologische Praxis. Und da stehen nicht nur Röntgengeräte rum, sondern auch MRTs.«

»Aha«, sagt Pauli, »vielen Dank für die Information. Ehrlich gesagt, interessiert mich die Praxisausstattung deines Alten jetzt eher weniger. Was hat das mit Kira und Winston zu tun?«

»Mensch, Pauli! Denk doch mal nach!«, ruft Tom laut. »MRT! Fällt der Groschen? Wofür steht das wohl?«

Pauli zuckt mit den Schultern.

»Keine Ahnung. Vielleicht für Multi-Risiko-Transporter oder so was in der Art?«

Tom lacht.

»Quatsch. MRT heißt Magnetresonanztomografie. Das Gerät dazu heißt Magnetresonanztomograf.«

Hä? Mir fallen gleich die Ohren ab. *Was* heißt das? Tom sieht unsere erstaunten Gesichter und wiederholt ganz langsam:

»Magnet-Resonanz-Tomograf. Das ist ein Apparat, der ähnlich wie ein Röntgengerät funktioniert: Du schiebst jemanden rein und kannst Fotos von seinem Körperinneren machen. Und zwar nicht mit Röntgenstrahlen, sondern mit Magnetwellen. Verstanden?«

Pauli und ich gucken uns kurz an.

»Na, so halbwegs«, sagt Pauli dann.

»Dieser Apparat sieht aus wie eine große Röhre und im Inneren dieser Röhre entsteht ein Magnetfeld, wenn man den MRT anschaltet. Die Magnetwellen gehen durch den Menschen, der in der Röhre liegt, und machen ein Bild von ihm. So ungefähr jedenfalls.«

»Mann, woher weißt du denn so was?«, frage ich Tom. Der grinst.

»Ich bin eben superschlau. Nee, mal im Ernst: Ich habe in den letzten Ferien in der Praxis meines Vater gejobbt. Telefondienst und so. Seine Assistentin hat mir den MRT und die anderen Geräte gezeigt, weil ich mich doch so für Computer und Technik interessiere.«

»Und du glaubst, wenn ich mich mit Kira in diese Röhre lege, dann entsteht auch ein Magnetfeld und wir können wieder tauschen?«

Tom nickt.

»Jepp. Das glaube ich.«

Jetzt mischt sich Kira ein.

»Frag ihn mal, ob das nicht gefährlich wäre. Röntgenstrahlen sind jedenfalls nicht ohne. Wer weiß, wie das mit Magnetwellen ist.«

Ich wiederhole Kiras Frage laut. Tom schüttelt den Kopf.

»Keine Sorge. Das MRT-Gerät verursacht keine gefährlichen Strahlen. Das ist ja gerade sein großer Vorteil im Vergleich zum Röntgen. Wir müssten euch beide also nur reinlegen und den MRT anschalten. Aber das traue ich mir zu. Das war gar nicht so schwer.«

»Äh, Moment mal – *du* willst das machen? Warum fragen wir nicht lieber deinen Vater?« Stimmt. Eine berechtigte Frage, die Pauli da aufwirft. Tom allerdings guckt, als läge Pauli total daneben.

»Mann, hast du eine Ahnung, wie teuer dieses Teil ist? Das ist doch kein Spielzeug. Wenn ich meinen Alten frage, ob wir da nicht mal ein Mädchen mit einer Katze reinlegen könnten, zeigt der mir garantiert einen Vogel. Nee, nee – wenn, dann müssten wir das heimlich machen.«

Okay, das leuchtet selbst mir ein. Ich hole tief Luft.

»Gut, dann sollten wir es probieren.«

Tom lacht und hebt die Hand zum High Five. Ich schlage ein, dann klatschen wir uns mit Pauli ab.

»Also abgemacht. Ich besorge heimlich den Praxisschlüssel, und sobald ich den habe, legen wir los. Vielleicht klappt es schon heute Nacht!«

Heute Nacht. Schluck! Hoffentlich weiß Tom wirklich, wie das Teil funktioniert!

Ein Experiment.
Und eine Verabredung: beste Freunde für immer!

Das Ding ist wirklich riesig. Und damit meine ich nicht einfach sehr groß, sondern RIESIG! Ich habe noch nie etwas Vergleichbares gesehen: Es ähnelt einer großen Liege aus weißem Plastik, ganz so wie das Ding, das Werner auf dem Balkon stehen hat. An einem Ende mündet die Liege allerdings in einen riesigen dicken Plastikzylinder, der vom Boden fast bis zur Decke reicht. Das Zylinderinnere bildet eine lange Röhre, in die die angehängte Liege bestimmt komplett reinpasst. Insgesamt ist das Ding mit Zylinder und Liege so groß, dass man es vermutlich nicht in unser Gästezimmer stellen könnte. Oder jedenfalls nur sehr knapp. Man kann ohne Übertreibung sagen, dass das Teil so aussieht, als würde es bei *Star Wars* eine wichtige Rolle spielen. Also irgendwie spacig. Und vor allem: beängstigend! Da soll ich mich reinlegen? Bei dem Gedanken ist mir überhaupt nicht wohl.

Kira geht es ganz ähnlich. Sie maunzt und streicht unruhig um meine Beine. War es wirklich eine gute Idee, nach Ende der Sprechstunde heimlich in die Praxis von Toms

Vater zu schleichen? Gerade fühlt es sich gar nicht so an. Eigentlich würde ich lieber wieder von hier verschwinden. Tom hingegen ist bester Dinge. Er streichelt sanft über die glatte Oberfläche der Liege.

»Schickes Baby, oder?« Er lächelt so verzückt, als habe er gerade ein Kleinkind getätschelt. »Und ganz neu. Papa hat ihn erst seit drei Monaten. Er sagt, das sei der beste Magnetresonanztomograf in der Gegend.«

Pauli guckt zweifelnd.

»Ich weiß nicht, ob unser Plan so toll ist. Und überhaupt: Normalerweise wird das Ding von einem Arzt bedient. Bist du sicher, dass du mit dem Riesenteil klarkommst? Nicht, dass den beiden etwas passiert, wenn wir sie da reinschieben.«

Tom schüttelt den Kopf.

»Quatsch! Die Assistentin meines Vaters hat mir ganz genau erklärt, wie man das macht. Bei einigen Patienten habe ich ihr sogar geholfen. Und was soll auch schon passieren? Die elektromagnetischen Felder im MRT sind wirklich ungefährlich. Damit werden sogar schon kleine Kinder untersucht.«

»Aha.« Mehr fällt mir dazu momentan nicht ein. Ich hoffe einfach, dass dieses Abenteuer einen guten Ausgang nimmt.

»Winston?« Kira schaut zu mir hoch.

»Ja?«

»Wir machen das Richtige, oder?«

»Bestimmt. Wir wollen doch beide in unseren alten Körper zurück. Mit etwas Glück klappt das gleich und du spazierst hier ganz munter als Kira Kovalenko wieder raus.«

»Aber das Dings schaut so gruselig aus. Und so riesig. Ich glaube, ich habe Angst.«

Ich verstehe Kira zwar vollkommen, beschließe aber, Ruhe und Gelassenheit auszustrahlen.

»Ach was, das kommt dir nur so vor. In Wirklichkeit ist es gar nicht groß. Das schaut für dich nur so aus, weil du momentan sehr klein bist. Du wirst sehen: Alles wird gut. Hauptsache, du wünschst dir ganz fest, wieder du selbst zu sein, wenn wir in der Röhre liegen.«

»Sag mal, wenn der Tausch klappt … Meinst du, wir können uns dann immer noch in Gedanken unterhalten?«

Ich zucke mit den Schultern.

»Weiß nicht. Konnten wir ja vorher auch nicht. Also, wenn alles so wird wie vor dem Gewitter, dann hast du als Kira blaue Augen, ich als Winston grüne und Gedankenübertragung gibt es nicht mehr.«

»Hm. Das wäre ja schade. Aber vermutlich hast du recht.« Kira klingt traurig.

Stimmt. Wäre schade. Wenn ich so darüber nachdenke, habe ich mich ziemlich gern mit Kira unterhalten. Aber noch lieber will ich wieder Kater sein. Und außerdem wird sich auch nicht alles ändern.

»Weißt du, ein paar Sachen werden nach dem Tausch trotzdem bleiben wie jetzt«, tröste ich Kira deshalb. »Du wirst immer wissen, wie es sich anfühlt, ein Vierbeiner zu sein. Und ich verstehe euch Menschen jetzt viel besser. Du hast mit Pauli und Tom zwei neue, richtig gute Freunde. Und mit mir sowieso – wir sind jetzt beste Freunde für immer! Und auch wenn wir beide uns nicht mehr direkt unterhalten können – ich glaube, den Draht zueinander werden wir behalten, oder? Immerhin haben wir ein großes Verbrechen gemeinsam aufgeklärt.«

»Klar!«, stimmt mir Kira zu. »Das kann man uns nicht mehr wegnehmen. Wir sind immer noch Kira und Winston, die Superagenten!«

»Na siehst du! So gefällst du mir schon besser.«

»Eine Sache sollten wir aber vorher machen.«

»Nämlich?«

»Wir sollten einen Code verabreden.«

»Einen Code?«

»Ja. Irgendein Zeichen für die Zeit danach, wenn wir uns nicht mehr unterhalten können. Damit wir wissen, dass wir aneinander denken. Ich habe Angst, dass wir sonst irgendwann glauben, wir hätten das alles nur geträumt.«

Ich überlege kurz. Die Idee ist nicht schlecht.

»Aber was könnte das für ein Zeichen sein?«

»Vielleicht … hm …« Kira denkt nach, ich tue es ebenfalls. »Was hältst du davon: Wenn ich als Mensch sage ›Winston, hörst du mich?‹, dann legst du dich auf den Rücken und rollst dich einmal um die eigene Achse. In etwa so …« Kira wirft sich auf den Boden und rollt einmal herum, bis sie auf dem Rücken zum Liegen kommt. Pauli, die das beobachtet hat, schaut verwundert.

»Übt ihr noch Kunststücke?«

»Nein.« Mehr sage ich dazu nicht. Ich habe das Gefühl, dass dieses Gespräch und diese Verabredung nur für Kira und mich bestimmt sind. Ich richte meine Gedanken wieder an Kira:

»Und wenn ich dir zeigen will, dass wir immer noch echte Freunde sind, dann werde ich Folgendes machen: Ich springe auf deine Schultern und schlecke einmal dein rechtes und einmal dein linkes Ohr ab. Das berühmte Ohrenschlecken, verstehst du?«

Kira maunzt.

»Okay. Ohrenschlecken heißt: beste Freunde für immer!«

Ich muss schlucken, weil sich in meinem Hals ein dicker Kloß bildet.

»Genau. Beste Freunde für immer!«

Ich setze mich auf den Boden neben Kira und streichle ihr über den Kopf, bis sie anfängt zu schnurren. Einen Moment später kniet sich Tom zu uns herunter.

»So, meine Damen, meine Katzen – seid ihr bereit für unsere ultimative Umwandlungsshow?«

Ich nicke.

»Dann mal los! Vorher aber einige kleine Sicherheitshinweise: Habt ihr irgendwelche Piercings oder Ohrringe? Die müsst ihr abmachen, denn das Metall kann von dem Magneten im MRT angezogen werden oder sich erhitzen. Herzschrittmacher sind auch gefährlich – falls ihr einen habt, müssen wir die ganze Sache leider lassen. Also?«

»Äh, nein, ich glaube nicht.«

»Wundverbände oder metallhaltige Pflaster?«

Ich schüttle den Kopf.

»Moment mal, Winston, bist du gechippt?«, will Pauli wissen.

»Was ist denn das?«

»Also, Hunde bekommen manchmal einen kleinen Chip unter die Haut gesteckt. Wenn sie verloren gehen und jemand findet sie, kann man mit einem Gerät die Chipnummer lesen und dann weiß man, wem sie gehören. Aber in so einem Chip ist bestimmt auch Metall drin. Also, wenn du so ein Ding hast, bekommst du sicherlich einen warmen Pelz an der Stelle.«

»Ich glaube nicht, dass ich so was habe. Kann mich jedenfalls nicht erinnern, einen verpasst bekommen zu haben. Bis vor Kurzem war ich ein reiner Wohnungskater, da habe ich so etwas gar nicht gebraucht. Und selbst wenn: Das Risiko gehe ich ein. Dann bekomme ich eben warme Öhrchen.«

»Also, so gefährlich, wie das jetzt klingt, ist es gar nicht. Die Assistentin muss nur jeden Patienten danach fragen«, beruhigt uns Tom. »Das ist wie im Flugzeug. Da erklärt die Stewardess auch die Sauerstoffmaske und die Lage der Notausgänge, obwohl man die höchstwahrscheinlich nicht braucht.«

Einleuchtend. Ich merke, wie sich ein Kribbeln in meinem Bauch ausbreitet. Eindeutig die Aufregung.

»Los, Tom! Wir sollten anfangen, bevor ich mir die Sache anders überlege!«

»Gut. Dann erkläre ich euch kurz den Gebrauch der Schwimmwesten …«

»Schwimmwesten?!«

Tom lacht.

»Kleiner Scherz! Eine Sache gibt es aber tatsächlich noch zu sagen: Das MRT-Gerät wird ziemlich laut. Es ist so ein starkes Klopfgeräusch. Nicht erschrecken – das ist ganz normal und kommt durch das An- und Abschalten der Spulen im Inneren des Geräts. Ist ja, wie schon gesagt, eigentlich ein riesiger Elektromagnet. Es gibt auch einen Kopfhörer mit Musik, damit man das Klopfen nicht so hört. Ich fürchte nur, dass der Kira als Katze nicht passt, und wir haben auch nur einen.«

»Dann verzichte ich drauf. Das stehen wir jetzt gemeinsam durch. Oder, Kira?« Kira wirft sich auf den Boden und macht wieder ihre Rolle. Ich muss grinsen, Tom und Pauli gucken ratlos. »Das ist unser neues Zeichen für *Ja*.«

»Okay. Dann legt euch mal auf die Liege. Winston, du auf den Rücken, und ich denke, am besten platzieren wir Kira auf deinem Bauch. Pauli und ich müssen den Raum verlassen. Das Gerät wird aus dem Nebenzimmer gesteuert. Wir können euch aber durch das Fenster in der Wand da sehen. So weit klar?«

»Ja. Sonnenklar.« Ich ziehe meine Schuhe aus und lege mich auf die Liege. Pauli setzt mir Kira auf den Bauch. Ich kann spüren, wie Kiras Herz rast. Meines übrigens auch.

Tom macht sich nun irgendwie an dem Gerät zu schaffen. Die Liege fährt langsam in den Zylinder, bis ich vollständig von der Röhre umschlossen bin. Heilige Ölsardine und großer Katzengott, steht mir bei!

»So«, höre ich Toms Stimme, die nun ganz dumpf klingt, »Pauli und ich gehen rüber in den Nebenraum. Von dort schalte ich das Gerät an. Ich denke, zehn Minuten sollten reichen. Der Blitzeinschlag war ja viel kürzer. Seid ihr bereit?«

Kira maunzt, ich rufe: »Bereit!«

»Gut. Viel Glück ihr beiden!«

Die Tür klappt zu, dann wird es ganz still um uns.

»So, Kira, jetzt geht's um alles«, ermahne ich meine Menschenfreundin. »Immer dran denken: Wir wollen zurücktauschen. ZURÜCKTAUSCHEN!«

»Wird gemacht, Winston. Ich denke an nichts anderes: ZURÜCKTAUSCHEN!«

Mit einem Mal beginnt ein ohrenbetäubendes Klopfen, das mir einen wahnsinnigen Schrecken in die Glieder jagt. Hätte ich doch besser den Kopfhörer nehmen sollen? Egal. Jetzt bloß nicht ablenken lassen! Es zählt nur ein Gedanke: ZURÜCKTAUSCHEN! ZURÜCKTAUSCHEN! Ich will wieder ich selbst sein und in meinen Körper zurück! Ich! Will! Wieder! Winston! Sein!

Alles wieder beim Alten.
Oder doch nicht?

»Kira, bist du wach? Geht es dir gut?« Jemand rüttelt an der Liege. Der Stimme nach Pauli. Puh, überlebt habe ich es also schon mal!

»Ja, bei mir ist alles in Ordnung.«

Kiras Stimme! Obwohl ich nichts gesagt habe. Das kann nur eines bedeuten: Es hat tatsächlich geklappt! Hurra! Ich bin ich! Ein vorsichtiger Blick an mir entlang: Ja – ich habe ein schwarzes Fell und vier Pfoten. Bei meinem Lieblingskratzbaum! Da fallen aber ganze Wagenladungen von Steinen von meinem kleinen Katerherzen.

Langsam rappele ich mich von Kiras Bauch hoch und schaue mich um. Wie groß auf einmal alles um mich herum aussieht! Das hatte ich schon völlig vergessen – als Kater bin ich ziemlich klein. Ich springe auf den Boden und strecke und dehne mich kräftig. Dann setze ich mich vor das Gerät und warte darauf, dass auch Kira aufsteht. Sie hockt auf der Liege, baumelt mit den Beinen und sieht dabei gut gelaunt aus. Meine Güte, von hier unten ist das Teil nicht nur riesig, sondern gigantisch! Ich weiß nicht, ob ich mich in Katzenform in die Röhre getraut hätte – gut, dass Kira als Katze so mutig war. Aber wie es scheint, haben wir das waghalsige Experiment beide heil überstanden. Körperlich zumindest.

Ob wir uns wohl noch in Gedanken unterhalten können? Ich starte einen Versuch.

»Kira, kannst du mich hören?«, denke ich in ihre Richtung. »Steh doch mal auf und komm zu mir rüber!« Aber nichts passiert. Hm. Es scheint leider so zu sein, wie wir vorher vermutet haben: Unterhalten können wir uns in Gedanken nur, wenn wir vertauscht sind. Ich merke, dass mir diese Erkenntnis einen kleinen Stich versetzt.

Mittlerweile ist auch Tom aus dem Nebenraum gekommen und steht bei dem MRT-Gerät.

»Wie geht es dir?«, will er von Kira wissen.

»Eigentlich ganz gut. Mir ist nur noch ein kleines bisschen schwindelig. Aber ich glaube, es hat geklappt. Ich bin wieder Kira.«

»Guck mich mal an.« Dann langes Schweigen. Leider kann ich von hier unten nicht genau sehen, was Tom und Kira gerade machen, aber ich spüre eine gewisse Anspannung. Nun tritt Tom einen Schritt von der Liege zurück.

»Wahnsinn!«, ruft er laut. »Kira, du hast wirklich strahlend blaue Augen!« Er bückt sich zu mir herunter und schaut mich an. »Und Winston hat tatsächlich grüne! Ich fasse es nicht! Unglaublich!«

Warum die Aufregung? Wir haben ihm doch gesagt, dass es so ist? Hat der uns etwa doch nicht geglaubt? Das Gleiche denkt sich offenbar auch Kira.

»He, he – hast du uns etwa nicht vertraut? Winston hat doch gesagt, dass ich als Mensch blaue Augen habe.«

»Ich habe euch schon geglaubt. Hundert Prozent sicher war ich mir allerdings nicht«, antwortet Tom lachend.

»Ist nicht schlimm«, mischt sich Pauli ein. »Ich würde sogar sagen, das ist ziemlich normal. Oder hättest du uns umgekehrt sofort und ohne Zweifel geglaubt, wenn wir erzählt hätten, dass man Tom und mich vertauscht hat?«

»Nee!« An Kiras Stimme kann ich hören, dass sie gerade grinst.

»Na also«, sagt Tom. »Und nun sollten wir mal schnell die Biege machen. Bisher ist alles gut gegangen. Nicht, dass wir auf den letzten Metern noch von der Putzfrau erwischt werden. Die kommt nämlich irgendwann spätabends und würde bestimmt den Schreck ihres Lebens kriegen, wenn sie uns hier sieht.«

»Hast recht! Ab nach Hause!« Kira hüpft von der Liege und steht nun direkt neben mir. »Aber eine Sache muss ich noch ausprobieren: Winston, kannst du mich hören?«

Ah! Das Codewort! Ich schmeiße mich auf den Rücken und drehe mich einmal um mich selbst. Kira klatscht in die Hände.

»Klasse, Winston! Es funktioniert tatsächlich – wir haben also nicht geträumt!«

Nein, das haben wir wirklich nicht! Im Gegenteil: Wir haben ziemlich viel erlebt!

Am nächsten Tag wache ich als Kater in meinem eigenen Körbchen auf. Und das fühlt sich einfach großartig an! Ich habe so tief und fest geschlafen, dass ich nicht mal wach geworden bin, als Kira aufgestanden und zur Schule gegangen ist.

In der Wohnung herrscht himmlische Ruhe und ich beschließe, erst zu frühstücken und dann den restlichen Tag auf meinem Lieblingsplatz zu verbringen: dem Sofa im Wohnzimmer. HERRLICH!

Nach einem kleinen Nickerchen und einem weiteren Geflügellebersnack muss ich allerdings einräumen, dass es in der Wohnung nicht nur ruhig, sondern fast ein bisschen langweilig ist. Werner ist an der Uni, Anna bügelt und summt dabei vor sich hin – hm, will sich denn niemand mit mir unterhalten? Ich laufe von Zimmer zu Zimmer, aber natürlich ist hier keiner, mit dem ich ein kleines Schwätzchen halten könnte. Komisch, dass mir bis heute noch nie aufgefallen ist, wie still die Wohnung tagsüber ist und wie wenig hier passiert. Mit was habe ich mich denn früher die ganze Zeit beschäftigt?

Ob ich Anna davon überzeugen kann, mich mal aus der Wohnung zu lassen? Bestimmt. Als Kira noch Katze war, hat das schließlich auch geklappt. Wie hat sie das gemacht? Ich versuche es auf die platte Tour, laufe zu Anna, maunze laut und laufe dann weiter zur Wohnungstür. Dort bleibe ich sitzen und maunze weiter. Und tatsächlich: Anna folgt mir und öffnet die Tür.

»Na, du kleiner Streuner? Willst du wieder raus? Ich glaube, wir brauchen irgendwann mal eine Katzenklappe! Also, pass gut auf dich auf!«

Schwupp, schon stehe ich vor der Tür. Das war einfach. Nur: Wie geht es jetzt weiter? Als Kind war ich draußen schon viel unterwegs, als Kater allerdings kaum. Und allein war ich als Winston sowieso nie draußen. Aufregend! Ich beschließe, erst mal dem Hof einen Besuch abzustatten. Dort kenne ich mich schließlich am besten aus.

Als ich um die Ecke des Hofeingangs biege, sehe ich sie sofort: Odette! Mein Herz macht einen Sprung und ich überlege ernsthaft, den Rückwärtsgang einzulegen. *Quatsch!*, ermahne ich mich dann aber selbst, *du hast doch die ganze Zeit gehofft, ihr endlich mal wieder als Kater zu begegnen! Also ran an die Frau!* Ich atme tief durch und trabe weiter. Schon bin ich bei dem kleinen Unterstand, auf dem Odette sitzt. Leider ist sie nicht allein. Spike und Karamell hocken auch auf dem Dach. Und natürlich sehen sie mich sofort.

»Oh, hoher Besuch!«, macht sich Spike gleich wieder über mich lustig.

»Hallo, Jungs«, erwidere ich möglichst freundlich. Von diesem Möchtegern-Tiger lasse ich mich doch nicht provozieren! »Hallo, Odette!«

»He, Winston!« Täusche ich mich oder klingt Odette erfreut? Sie kommt an den Rand des Unterstands und guckt zu mir hinunter. »Das ist ja nett, dass du mal vorbeischaust!« Nein, ich täusche mich nicht. Odette freut sich offensichtlich, mich zu sehen. Mit einem Mal wird mir ganz warm ums Herz. Ein sehr schönes Gefühl!

»Ja, ich dachte, ich komme mal runter zu euch. Mir war oben so langweilig. Ein bisschen nette Gesellschaft kann schließlich nicht schaden.« Ich hoffe, Odette ist klar, dass mit netter Gesellschaft nur sie gemeint sein kann. Auf Spike und Karamell trifft diese Beschreibung ganz sicher nicht zu! Sie maunzt fröhlich.

»Ich wollte mich noch bedanken, dass du neulich das Mädchen mit dem Futter vorbeigeschickt hast. Das war wirklich sehr freundlich von dir! Und sehr lecker!«

»Och, das habe ich doch gern gemacht! Keine große Sache«, gebe ich mich bescheiden.

Odette springt zu mir herunter und setzt sich neben mich.

»Doch, schon eine große Sache. Ich glaube, ich war nicht immer besonders nett zu dir. Trotzdem gibst du mir etwas von deinem wertvollen Futter ab. Das war sehr großzügig! Ich habe dich mit ganz falschen Augen gesehen, das tut mir leid!« Sie reibt ihren Kopf kurz an meinem und mein Herz macht daraufhin einen riesigen Satz. Fast habe ich Angst, dass es aus meinem Hals herausspringen könnte!

»Kein Problem, Schwamm drüber!«, bringe ich gerade noch krächzend hervor.

»Weißt du, eigentlich wäre es doch schön, wenn du häufiger hier dabei wärst. Ich würde mich jedenfalls darüber freuen!« Odette strahlt mich an.

»Wir uns nicht!«, kommt es nun leider sehr energisch von oben. Spike lugt über die Ecke des Unterstands und funkelt uns böse an. Nein, falsch: Er funkelt *mich* böse an. »Wir würden uns überhaupt nicht freuen, wenn der aufgeblasene Wohnungstiger nun ständig hier aufkreuzt!«

Ich will gerade etwas Giftiges erwidern, da streicht Odette noch einmal an meinem Kopf entlang.

»Ach, beachte den gar nicht. So ist er immer, wenn jemand Neues zur Gruppe kommt. War bei Karamell nicht anders und heute sind sie beste Freunde. Lass uns lieber eine Runde spazieren gehen. Dann hat Spike Zeit, sich wieder abzuregen.«

Ein sehr guter Plan! Auf Dauer ist es mir im Hof sowieso zu dunkel und mit Odette an meiner Seite traue ich mir eine kleine Runde durch den Stadtteil durchaus zu.

Als wir auf dem Bürgersteig vor dem Haus angekommen sind, habe ich eine Idee.

»Odette, was hältst du davon, mit mir zu Kiras Schule zu laufen? Weißt du, das ist das Mädchen, das dir das Futter gebracht hat. Die Schule müsste jetzt irgendwann zu Ende sein, und ich glaube, sie würde sich freuen, uns zusammen zu sehen.«

»Klar, warum nicht? Kennst du den Weg?«

Ich nicke und trabe los. Hoffentlich treffen wir wirklich auf Kira. Ich möchte ihr so gern zeigen, dass ihre Taktik erfolgreich war und Odette mich nun nicht mehr doof und arrogant findet.

Zweimal rechts abbiegen, dann ein Stück geradeaus, dann wieder links – dann stehen wir vor dem Schulgebäude. Allerdings sind noch keine Kinder zu sehen. Enttäuscht maunzt Odette.

»Das ist aber schade! Wo ist denn das Mädchen? Hier ist ja niemand. Ich dachte immer, in einer Schule ist ganz viel Trubel!?«

»Ja, ist es auch. Wahrscheinlich müssen wir noch einen Moment warten. Du wirst sehen: Wenn die Schule vorbei ist, ist hier gleich die Hölle los.«

Dingdongding! In diesem Moment ertönt die Klingel. Danach dauert es tatsächlich keine zwei Minuten und wir sind von Schülern umringt.

»Ui, guck mal, wie süß! Eine weiße und eine schwarze Katze!«

»Wie niedlich!«

Die Kinder drängeln sich um uns herum. Einige wollen uns sogar streicheln. Hoffentlich hat Odette starke Nerven! Ich mustere sie von der Seite: Sie zuckt nicht mal mit der Wimper! Sehr gut! Odette ist wirklich eine coole Katze!

»Guck mal, Kira!«, ruft jemand. »Ist das nicht deine Katze hier drüben?«

»Moment! Ich komme!« Kiras Stimme, eindeutig. Mein Plan scheint aufzugehen. Kurz darauf steht sie neben uns.

»Oh, Winston! Was machst du denn hier? Und sogar mit Odette. Na, da freue ich mich aber!« Sie bückt sich und streichelt erst mich, dann Odette.

»Woher kennt die denn meinen Namen?«, wundert sich Odette.

»Öh … ähem … ich habe nicht die leiseste Ahnung«, flunkere ich. Die Wahrheit würde entschieden zu weit führen! Aus den Augenwinkeln kann ich sehen, dass auch Leonie und Emilia direkt auf uns zusteuern und schließlich neben uns stehen bleiben.

»Also, eins muss man der Russin lassen«, flötet Emilia. »Mit Tieren kann sie wirklich gut umgehen.«

»Ha!«, schnaubt Leonie. »Das kann ich auch!« Nee, war ja klar. Die blöde Kuh kann anderen einfach nichts gönnen. Und zum Beweis ihres unglaublich guten Drahts zu Tieren streckt sie die Hand nach mir aus.

Ich will schon fast zurückweichen, da bemerke ich plötzlich, dass auch Frau Rosenblatt auf dem Weg zu uns ist. Wahrscheinlich will sie Kira gleich wieder eine Standpauke zum Thema »Tiere auf dem Schulgelände« halten. Das bringt mich auf eine geniale Idee! Also – ich hoffe jedenfalls, dass sie genial ist!

Noch bevor Kira, Emilia und Leonie Frau Rosenblatt gesehen haben, springe ich auf Leonies Arme und kuschele mich richtig an sie. Ich reibe meinen Kopf an ihrer Brust und schnurre, was das Zeug hält. Kira guckt entsetzt, Leonie lacht triumphierend.

»Siehst du! Deine Katze mag mich lieber als dich! Sie hat nämlich gleich erkannt, dass ich der größere Katzenfreund bin. Ich LIEBE Katzen. Nicht war, Miezi?« Sie streichelt mich und ich schnurre weiter. »Ja, Miez, Miez, du hast es gut bei mir, nicht wahr? Vielleicht solltest du lieber bei mir bleiben, da hättest du es bestimmt besser.«

In diesem Moment fällt ein dunkler Schatten auf Leonie und mich und eine allzu bekannte Stimme donnert:

»Leonie Weichert! Hattest du nicht neulich noch eine

ganz schlimme Katzenallergie?« Frau Rosenblatt steht direkt neben uns und guckt Leonie sehr, sehr böse an. Die zuckt erschrocken zusammen und lässt mich unsanft auf den Boden fallen.

»Äh, ja, habe ich ja auch! Ich … äh … die Katze hat mich angefallen. Ich kann nichts dafür!«

»Komisch, für mich sah das eher so aus, als würdet ihr euch blendend verstehen, du und die Katze. Sollte das also bedeuten, dass du mich neulich angelogen hast, nur um dich aufzuspielen und einer Mitschülerin eins auszuwischen?«

»Nein! Gar nicht, ich …« Weiter kommt Leonie mit ihren Rechtfertigungsversuchen nicht.

»Still, Leonie! Ich will nichts mehr hören. Du kommst jetzt mit in mein Büro und da werden wir mal ein ernstes Wort miteinander reden.« Frau Rosenblatt macht auf dem Absatz kehrt, Leonie trottet mit gesenktem Haupt hinterher. Tschakka! Winston, der Superagent, hat wieder zugeschlagen!

»Was war das denn?« Mittlerweile stehen auch Tom und Pauli neben uns und wundern sich, denn natürlich haben sie den Anfang meines genialen Schlachtplans verpasst.

»Och«, grinst Kira, »ich würde sagen, da hat sich gerade jemand selbst gaaanz tief reingeritten.« Die drei lachen. Ein sehr schönes Bild: Kira mit Tom und Pauli. Echte Freunde eben.

Aber halt, da fehlt doch noch was! Ich nehme einen kurzen Anlauf und springe auf Kiras Schultern. Dann lecke ich blitzschnell erst ihr linkes, dann ihr rechtes Ohr ab. Kira begreift sofort, nimmt mich auf ihren Arm und flüstert mir etwas zu:

»Genau, Winston. Unser Code. Beste Freunde für immer!«

Wer hätte das gedacht? Ich und ein Kind! Aber Kira hat recht: wir zwei. Beste Freunde für immer. Wer weiß, welche Abenteuer wir noch zusammen erleben werden!? Ich freue mich jedenfalls schon darauf!

Danksagung

Hätte ich vorher gewusst, wie viel Spaß es macht, ein Kinderbuch zu schreiben, dann hätte ich schon wesentlich früher damit angefangen. *Dass* es so viel Spaß gemacht hat, ist allerdings im Wesentlichen zwei Personen zu verdanken: Sarah Haag und Johanna Müller, beide Loewe Verlag.

Sarah war die Erste, die mich fragte, ob ich nicht einmal Lust hätte, ein Kinderbuch zu schreiben. Das fand ich zunächst abwegig. Von ihrer Frage bis zu der Erkenntnis, dass dies eigentlich doch eine gute Idee wäre, mussten also ein paar Jährchen vergehen, aber nichtsdestotrotz: danke – auch für die tolle Betreuung, die Winston und ich bei dir genossen haben.

Sehr verwöhnt hat uns auch Johanna Müller, meine Lektorin. Als Kinderbuchprofi war sie eine tolle Beraterin und immer mit der richtigen Idee zur Stelle, wenn eine solche dringend gebraucht wurde. Auch dafür: vielen Dank!

Überhaupt: ein riesiges Dankeschön an das gesamte Loewe-Team. Dass aus Winston so ein hübsches Kerlchen geworden ist, liegt nicht zuletzt an der liebevollen Hege und Pflege durch seine Verlagsfamilie. Oder, um es mit Winston zu sagen: Heilige Ölsardine, das ist aber schön bei euch! Muss daran liegen, dass Löwen auch Katzen sind – die wissen, was so ein edler Rassekater wie ich braucht!

Schließlich: Kira und Tessa, meine beiden „Großen“ – ihr seid die besten Testleserinnen der Welt!

Frauke Scheunemann, geboren 1969 in Düsseldorf, ist promovierte Juristin. Sie absolvierte ein Volontariat beim NDR und arbeitete anschließend als Journalistin und Pressesprecherin. Seit 2002 ist sie freie Autorin. Ihre Romane um den kleinen Dackel Herkules waren monatelang auf der Spiegel-Bestsellerliste. Frauke Scheunemann ist verheiratet und lebt mit ihrem Mann, ihren vier Kindern und dem kleinen Hund Elmo in Hamburg.

WINSTONS MISSIONEN

Band 2
ISBN 978-3-7432-0186-6

PRÄDIKAT:
LUSTIG!
SPANNEND!
LESENSWERT!

James Bond ist ein berühmter Geheimagent, sieht für einen Menschen ziemlich gut aus, weiß immer, wie er Verbrechern das Handwerk legen kann – und kommt bei den Frauen einfach sensationell an! Im Grunde genommen ist er also genau wie ich. Nur, dass ich noch kein berühmter Agent bin. Aber das kann ja noch werden!

Loewe
Das will ich lesen!